EL VALLE DEL CABALLO ROJO

JAKE CONLEY LIBRO 2

JOHN BROUGHTON

Traducido por
CECILIA PICCININI

Frontispicio: Siglo VI Broche de Libélula imaginado por Dawn Burgoyne. Recreador especialista en caligrafía del periodo Medieval. Visítela en Facebook en dawnburgoynepresents.

AGRADECIMIENTO

Agradecimiento especial a mi querido amigo John Bentley por su firme e infatigable apoyo. Su chequeo del contenido y sugerencias han sido una invaluable contribución para *El Valle del Caballo Rojo*.

El broche de la Libélula regalado a Liffi por la mujer astuta.

UNO

York, 2020 AD

Jack Conley sentado en su sillón favorito, o para ser más preciso, el único sillón de cuatro en su salón que él podía considerar, repitiéndose un mantra para sí mismo-*escucha la tranquila voz interior.* Él era, no por definición, un recluso, pero prefería que lo dejaran solo para explorar su rica vida interior. Esto fue algo que se había vuelto más frecuente desde su triunfo con los medios de comunicación después del asunto del Agujero de Elfrid.

Por un año entero antes de esto, él pasó su tiempo no en contemplación, pero ocupado escribiendo si novela mejor vendida basada en la vida del Rey Aldfrith de Northumbria. El éxito comercial estaba garantizado antes que el tipeara la primera palabra en su computadora, gracias a sus hazañas en el pueblo de North Yorkshire de Ebberston, donde se localizaba la tumba del rey.

Dado que su mujer, Heather, una arqueóloga, conferenciante e investigadora de la Universidad de Leeds, llevó una

1

vida dinámica y completa, Jake encontró que podía pasar la mayoría del tiempo del día hablando consigo mismo en su histórica casa de cuatro dormitorios. Él hablaba alto, como ahora, para obviar el silencio que lo rodeaba, pero también para clarificar sus complicados pensamientos.

"Nuestra visión de nosotros mismos está auto-centrada, entonces nosotros pensamos que merecemos más de lo que somos. La visión alternativa está basada en que nosotros creemos otras cosas de nosotros y se desinfla porque nosotros asumimos que otros nos juzgan más de lo que lo hacen. Nosotros frecuentemente nos preocupamos demasiado acerca de la opinión de terceras personas en vez de recalibrar nuestra propia visión." Él suspiró e infló sus mejillas. "Si, ese es el problema, y yo necesito hacer algo activo. Si sólo tuviera una idea para otra novela para mantenerme ocupado. Pero no parece que la inspiración venga adentro. ¡Lo que necesito son unas vacaciones! Quizás podría visitar alguna interesante iglesia del país. Después de todo, mira lo que ocurrió la última vez que hice esto- ¡excepto que esta vez no quiero ser arrestado por asesinato!"

A lo largo del día, esta decisión se convirtió en una firma convicción. En efecto, él fue tan lejos como para investigar, interesantes iglesias en el área que él había elegido para una semana de vacaciones- el Cotswolds. Él amaba las cabañas con techo de paja y las piedras color miel de sus paredes. Todo lo que quedaba era convencer a Heather que ella necesitaba un descanso también.

Esa tarde, cuando ella pasó rápidamente por la puerta del frente, tan emocionada como de costumbre al regresar a casa con él, miró alrededor de la sala. Nada estaba fuera de lugar. Si ella no hubiera sabido que si marido había pasado el día en casa, habría supuesto que había estado fuera. Conociendo lo obsesivamente ordenado que era Jake, no se sorprendió cuando confirmó que había pasado todo el día en casa. Su compulsión obsesiva para poner todo en un lugar designado no le molestaba a Heather, cuyo propio trabajo, por su naturaleza, requería un orden meticuloso.

"¿Qué tal fue tu día?" preguntó ella.

"No tan mal. Un poco más introvertido en todo caso."

La frente de Heather se arrugó en un ceño fruncido. "¿Por qué no saliste un poco? Es un adorable día de sol. Este deambular por la casa no es saludable."

Él miró sus astutos ojos verdes y recordó el día que había conocido a esta mujer genial y bien posada; ella no había cambiado un poco. En todo caso, el matrimonio la había hecho más segura de sí misma.

"Como siempre, estás en lo cierto, mi amor. De hecho. Hoy he decidido alejarme por una semana. ¿Puedes persuadir a James para que te de un descanso? ¿O su señor supremo, el tiránico Profesor Whitehead, ¿lo rechazará de plano?"

"¿Después de lo que hemos hecho por su carrera? Estás bromeando. Lo tengo comiendo de ambas manos."

"Está arreglado entonces. Tan pronto como te liberen, nos iremos."

"¿Algún sitio en mente, o puedo elegir?" dijo ella, medio burlándose de él.

Jake parecía abatido. Era cierto que tendía a decidir por ella y reconocía que no era base para una relación respetuosa.

"Puedes elegir donde quieras," dijo él con una expresión avergonzada que la hizo estallar en carcajadas.

"Entonces, ¿qué tienes en mente, oh maestro?"

"Perdón, Heather, yo sé que debería involucrarte, pero confieso que habiendo estudiado el área de Cotswolds. ¿Qué piensas?"

"Yo adoro el Cotswolds, y sólo fui una vez, con mis padres, años atrás, cuando mamá estaba viva." Dejó caer la cabeza, y su ondulado cabello rubio rojizo cayó hasta cubrir su rostro. Ella frecuentemente se lo ataba en una cola de caballo, pero cuando lo usaba suelto como hoy lo complacía más.

"Buena razón para volver entonces; podría hacerte sentir más cerca de ella."

Se mordió ante su irreflexiva grosería cuando vio una lágrima derramarse sobre su pómulo alto. "Lo siento, no quise decir..."

"Está todo bien. De vez en cuando... en cualquier momento, Cotswolds será encantador."

"Grandioso, pensé en usar Bandury como base, pero si prefieres elegir el alojamiento. Tú tienes mejor gusto que yo en ese tipo de cosas."

Ella sonrió con valentía y asintió, secando su rostro con un pañuelo de encaje. "Llamaré a James ahora." El profesor fue tan servicial como ella suponía que sería, pero logró irritarla insistiéndole que quería ser padrino lo antes posible.

"Hay muchos lugares con vacantes en y alrededor de Banbury," Jake apuntaba la pantalla de su laptop.

"Mejor en el pueblo. Más para hacer en las tardes." Sus brillantes labios rojos formaron una perfecta sonrisa. "Hay una adorable iglesia del siglo X en Wootten Wawen. A solo treinta millas de Banbury."

"No me engañas, Jake Conley, apuesto a que está llena de espíritus sajones."

Jake rió. "Solo llevamos casados poco más de un año, y me conoces de adentro hacia afuera, esposa."

"No hizo falta mucho ejercicio. Estás obsesionado con los Anglo-Sajones y el *siglo X*."

"La iglesia de St. Peter, tiene una torre del siglo IX – sino anterior – y hay más, pero lo mantendré en secreto por el momento."

Heather sonrió y miró desde la laptop sobre su hombro

hacia su asiento en el escritorio. "Cada uno a lo suyo, si nos vamos a Banbury, podemos deslizarnos hacia Long Compton para visitar los Rollright Stones. Te gustarán."

"Perdón, me tienes ahí, Heather."

"¿Nunca escuchaste de ellos?" Ella entró en el modo de conferenciante de arqueología. "Hay un complejo de tres monumentos del Neolítico y de la Edad de Bronce en las fronteras de Oxfordshire y Warwickshire. Fueron construidos con piedra caliza oolítica local. Ahora se conocen como los Hombres del Rey y los Caballeros Susurrantes en Oxfordshire y la Piedra del Rey en Warwickshire. Son distintos en su diseño y propósito y fueron construidos en diferentes periodos del final de la prehistoria. El período de tiempo durante el cual se erigieron los tres monumentos atestigua una tradición continua de comportamiento ritual en suelo sagrado, del cuarto al segundo milenio antes de Cristo."

"No estoy seguro de poder ir allí. ¿Hubo sacrificios humanos?"

"Podrían haberlo hecho, supongo."

"Tú sabes, después de mi accidente de tráfico no puedo hacer frente a cosas así."

"Me había olvidado por completo que sufres de *sinestesia*. No debería haberlo hecho, en realidad, después de todos los problemas que causó nuestra búsqueda de casa. Nunca sabré como encontramos una casa histórica encantadora sin que te dieras cuenta de algún evento horrendo hubiera ocurrido allí. Nunca lo sabré."

"Bueno, esta casa es positiva. No te lo admití, pero fue el primer hogar de mis padres. Yo era pequeño, y tengo solo vagas memorias de esto. De cualquier modo, solo hay buenas vibraciones aquí. No es mi culpa que mi cerebro esté interconectado y que sea sensible a los fenómenos psíquicos. Después de todo, ha hecho nuestra fortuna, ¿no es así?"

Heather le frunció el ceño, preguntándose que más no le había dicho, pero forzó una sonrisa y dijo, "Bueno, yo voy a visitar las Rollrighy Stones. Aquí dice que están solo a trece millas de Banbury. Tu puedes ir cuando quieras. Solo espero que no provoques más guerreros asesinos en Wootten Whatsit."

"Wooten Wawen. Y realmente no creo que sea posible, de lo contrario me quedaría de buena gana y me divertiría por aquí. Quiero decir, ¿qué podría pasar aquí?"

"Correcto," la mandíbula de Heather se tensó y con voz decidida, dijo, "Voy a buscarnos un alojamiento superior. ¡Prepara tu tarjeta de crédito, compañero!"

Jake no tuvo objeciones a esto, y cuando ella completó su tarea al reservar una acogedora cabaña con techo de paja con dos dormitorios – "En caso que nos peleemos, puedo expulsarte de la cama," bromeó ella – se hizo cargo de la computadora y comenzó a investigar el área, que fue cuando encontró un artículo titulado *LA MALDICION DEL CABALLO ROJO- un relato a través de los siglos*. Fascinado, comenzó a leer.

DOS

York, 2020 AD

HEATHER VOLVIÓ A CASA DESPUÉS DE UN LARGO DÍA EN EL laboratorio de arqueología para encontrar a su marido sentado pálido y angustiado en su sillón habitual, tan cansado como si hubiera peleado en la Batalla de Towton sobre la que acababa de leer.

"¡Jake! ¿qué pasa, querido?"

"Es complicado."

Heather mordió su labio inferior ante su respuesta brusca y considerando su rostro. Ella no lo había visto así desde que estaba luchando para librarse de un cargo de asesinato en Pilkington. "Voy a abrir una botella de vino, y tú puedes contarme todo acerca de eso."

Él pensó. *Ella lo hace sonar tan simple como sacar un corcho.*

Jake suspiró pesadamente y preguntándose cuan diferente podría haber sido su vida si hubiera mirado a ambos lados antes de cruzar el camino esa fatídica mañana, en lugar de caminar frente a un Jeep. El pop del corcho extraído y el sonido del vino vertiéndose lo sacaron de su ensueño, pero por dónde empezar la explicación era muy difícil. Agradecido tomó la copa de vino rojo rubí de manos de su bella y sonriente esposa.

Se sumergió directamente sin tomar ni un sorbo de la bebida. "Hoy vi a mi madre, en nuestro dormitorio."

"P-pero tú me dijiste que ella murió diez años atrás."

"Justo eso. ¡Ella lo hizo!"

"Como..."

"Ella estaba tan atractiva como yo la recordaba, pero tan... tan... *grunge*. La vi tan cerca como tú lo estás de mí. Yo recuerdo que ella siempre escuchaba Pearl Jam y Nirvana. Ella usaba un scrunchie en su largo cabello lacio, con jeans rasgados, botas Doc Martin y una camisa de franela, justo como la recordaba."

"¡Oh, eso es tan de los *noventa*! Debe haber sido un shock para ti, Jake... ella era joven cuando murió..."

"Si, pero no fue eso, Heather. Fue maravilloso verla de nuevo, pero no en esta situación."

"¿Qué quieres decir? ¿En una de tus excursiones psíquicas?"

"No exactamente. Pero he encontrado la explicación para esto. No, era lo que estaba pasando cuando la vi en el dormitorio."

"No comprendo."

"No estaba sola. MI papá entró furioso. Él estaba realmente enojado y comenzó a gritarle horribles cosas a ella como ¡puta! ¡ramera! y peores. Él la acusó de tener un amorío con un colega, pero verás, Heather, yo nunca supe nada de esto. Yo siempre la tuve en un pedestal. Ella le gritó en respuesta que quería el divorcio, pero papá le dijo que pensara en mí. Él dijo que solo tenía cinco años y estaba por empezar la escuela y que ellos tenían que ponerme en primer lugar."

Jake se estremeció y bebió el contenido de su copa en un largo trago.

Heather no podía soportar verlo tan molesto, por lo que puso su bebida en la mesita de café y se acercó para arrodillarse ante él, descansando su cabeza en sus rodillas. Sin mirar hacia arriba, ella dijo, "Pobre querido, debe haber sido terrible para ti. Pero tú debes seguir pensando en tu madre como siempre lo has hecho. Ellos no se separaron por ti, después de todo. Respeto el hecho que ellos quisieran protegerte de sus lapsos."

Jake acarició su cabello rubio rojizo que siempre había amado tanto como su naturaleza inquebrantable y equilibrada, y sus sensatos consejos como en esta ocasión. Ella se puso de pie, tomó su copa, y desde la cocina, ella gritó, "Luces como si necesitaras otra de estas, pero no lo bebas de un trago esta vez. Debes saborearlo; cuesta lo suficiente para ser apreciado."

Cuando ella retornó con el vino, dijo, "Encontraste la explicación, ¿no? ¿Por qué no me la cuentas?"

Él tomó la copa y le sonrió a ella. "Tú eres muy buena para mí, tan comprensiva. ¿Recuerdas cuando te hablé acerca de la premonición que había tenido años atrás?"

"¿Cuándo esos dos pobres muchachos murieron en un accidente?"

"Si. Bueno, un mejor término que premonición, en ese caso, es *precognición,* y desde lo que leí esta tarde, la gente que tiene el don, por supuesto, de precognición frecuentemente tiene lo contrario – *retrocognición.* Es un término acuñado por primera vez por Frederick William Henry Myers en el siglo XIX."

"¿De verdad? ¿Era un psicólogo como Freud y Jung?"

"No, realmente él era un poeta y un filólogo, pero él fundó la Sociedad para Investigación Psíquica. De hecho, muchos psicólogos descartaron sus teorías como charlatanería. Pero en 1960 Aldous Huxley escribió el prólogo de la reimpresión del libro de Myers, *Personalidad Humana.*"

"Entonces retrocognición se trata de presenciar momentos en el pasado, ¿no?"

"Exactamente."

"¡Oh, tu pobre cabeza! ¿Cómo trabaja?"

Jake tomó un sorbo de su vino. "Lo que voy a decirte no está científicamente probado, solo es una teoría, pero creo que es lo que me pasa. El universo está hecho de energía. Entonces, todos los eventos pasados están impresos en los objetos que los rodean o el entorno en la forma de energía que puede ser sentida por un psíquico."

"¡Espera un minuto! ¡No solo por psíquicos! ¡Arqueo acústicos! Hay grabaciones de audio de voces prehistóricas tomadas de las rocas en las cavernas, como una en la cueva de Meaux en Francia. Los arqueólogos han hecho esto en lugares que no han sido perturbados por siglos. Yo no conozco la ciencia detrás de esto, pero te aseguro, se ha hecho. Hay una definitiva y probada relación entre la frecuencia de las pinturas de la cueva y la resonancia de la acústica también."

"Interesante," pero Jake esperaba retomar el control de la conversación... una vez que Heather arrancaba con la arqueología, era capaz de un discurso largo y aburrido. Apresuradamente, dijo él, "De todos modos, un psíquico puede "sintonizar" estas frecuencias o vibraciones, acceder a la información y experimentarla. Asumo que funciona de la misma manera que los fenómenos residuales de fantasmas. Myers explicó que una rama de retrocognición era la *psicometría,* que es la capacidad de describir o presenciar el pasado tocando o sosteniendo objetos relacionados a eventos pasados. Estos eventos son frecuentemente eventos altamente cargados de emoción, tal como un asesinato o la rabia..."

"Hum, ¿o una bronca marital?"

"Exactamente."

"¿Jake?"

"¿Si?"

"¿Qué estabas sosteniendo?"

"Me quedé con el scrunchie de crochet de cuentas para recordarla. Ella lo usaba en la discusión que presencié. Si tan sólo lo hubiera sabido, no lo habría recogido en esa habitación."

"Si lo hubieras sabido, es posible que ni siquiera nos hubiéramos mudado a esta casa. Pero yo te quiero mucho, Jake." Su tono era ansioso, así que la tranquilizó. "No te preocupes, mi amor, he encerrado el scrunchie. No puedo soportar separarme de esto. Pero tú tienes razón, es mejor aferrarme a los recuerdos de ella más que viajar al pasado y vislumbrarla... como algún tipo de moderno voyeur."

Heather hizo un gesto de desaprobación. "Eres tan duro contigo algunas veces. No es como si quisieras espiarlos. Vas a tener que ser cuidadoso, Jake. Como si manejaras algo realmente antiguo, sabes, ¿una moneda sajona? ¿Podrás encontrarte a ti mismo en un mercado de esclavos sajón o algo así?"

"Creo que ya lo he hecho, Heather. Recuerda en Ebberston, cuando me encontré a mí mismo en el medio de la batalla y atestigüé las heridas de Aldfrith."

"¡Si! En el laboratorio en Bradford, encontramos daño en la clavícula derecha consistente con una cabeza de flecha. Wow, Jake, que privilegio tienes de ver realmente ese momento histórico!"

"No me sentí privilegiado es ese momento. Estaba muy ocupado tratando de escapar de los fantasmas asesinos. Ya habían asesinado a la pobre Livie."

"¿Todavía extrañar a Olivia?"

Miró fijamente a su esposa. Estaba comenzando a entender la tendencia de ella a los celos. Su ex novia era un tema delicado, y él se maldijo a si mismo por mencionar su nombre, no estaba pensando claramente esa tarde. "No realmente, pero recuero que fue la última vez que la vi, la maltraté. Ella no se merecía esto, Heather, pero no puedo volver el tiempo atrás y hacerlo de forma diferente. No nos llevábamos bien y no había futuro para nosotros." Su voz se quebró, "Resulta que no había futuro para ella en absoluto. Me culpo a mí mismo."

Heather tomó su brazo. "No debes, Jake. El accidente que interconectó tu cerebro no fue tu culpa."

"Si hubiera sido más cuidadoso cruzando..."

"Algunas cosas están destinadas a ser. No estarías conmigo ahora."

Él se relajó. "Si, supongo que tienes razón... ¡como siempre!"

"Solo ten cuidado en las vacaciones, eso es todo. ¡No andes fisgoneando para despertar a los fantasmas sajones homicidas!"

"Ya he hecho eso, y una vez es suficiente, créeme."

"Bien, Jake Conley, ten cuidado, es todo."

TRES

York, 2020 AD

"Hey, escucha esto, Heather! Encontré algo de un misterio en el área donde vamos nosotros. Tú eres una arqueóloga; esto puede interesarte. ¿Qué sabes acerca de figuras de caballos?"

"¿Quieres decir caballos blancos esculpidos en la ladera de la colina, dejando al descubierto la tiza debajo? Bueno, hay catorce de ello en Inglaterra. Son llamados *geoglifos,* y el más antiguo está cerca nuestro en Oxfordshire."

"¿El de Uffington? ¿Qué tan antiguo es?"

"Es de la Edad de Hierro, cerca de 3000 años. Pero, ¿qué tiene que ver esto con tu misterio alrededor de aquí?"

"¿Hay algún caballo sajón que tu conozcas?"

"No que yo sepa, porque los sajones no adoraban al caballo. Woden tenía un corcel de ocho patas llamado Sleipnir, pero eso es todo."

"Te lo pregunto porque en Warwickshire solía haber un caballo *rojo*. De hecho, da su nombre al Valle del Caballo Rojo-

cerca de Tysoe. Ya no existe, pero ha habido mucha controversia acerca de esto a lo largo de los años. He tomado algunas notas. Escucha esto: había un gran caballo original, déjame ver... si, aquí está, tenía 285 pies de largo y 195 pies de alto..."

"Toda una bestia."

"Si, pero el problema es que la arcilla subyacente es fértil y las malas hierbas y el césped pueden cubrirlo a menos que la figura se limpie con regularidad."

"Ya veo, aunque creo que es un problema menor en las tierras altas de tiza. Sin embargo, creo que Thomas Hardy menciona festividades asociadas con la actividad en *Tess de los D'Urbervilles* y Thomas Hughes dedica una novela entera que llamó *La limpieza del Caballo Blanco*."

"El hecho es que este caballo desaparecido nunca fue visto de nuevo, pero mientras estuvo allí, provocó una controversia considerable."

"¿Lo hizo?"

"Si, ves..." Jake pasó a explicar las diferentes teorías de los anticuarios del siglo XVIII y terminó diciendo, "...Pensé que yo podría ser capaz de resolver el misterio de una vez por todas usando mi retrocognición."

"¿De una vez por todas? Lo dudo, mi amor. ¿Quién va a tomar la palabra de un bien intencionado psíquico? En estos casos, se necesitan pruebas sólidas. Si, como tú dices, el caballo está perdido, no hay pruebas si existió en primer lugar."

"Ahí es donde estás equivocada, Heather." ¡Cómo disfrutaba desacreditar su enfoque arqueológico tan serio! Traería sus propias armas para apoyar la discusión. "Lo ves, dos caballeros llamados Kenneth Cardus y Graham Miller se propusieron encontrar el caballo en 1964. Al primero se le entregó un mapa fechado en 1796, que mostraba el caballo en el costado del Old Lodge Hill. Ellos condujeron una excavación preliminar justo ahí, pero dejaron un espacio en blanco. En cambio, recurrieron a evidencia documentales que hablaban del caballo en una colina llamada el Hangings. Realmente, eso inició el gran avance porque Miller tomó una foto usando filtros especiales a través del valle hacia esa colina, y debido al clima seco, el patrón formado por la sombra de la vegetación revelaba la forma de una cabeza como de un caballero en un juego de ajedrez. Obtuvieron la confirmación definitiva de las fotos aéreas tomadas en 1965." Pudo ver por su cara que estaba hablando el idioma de ella. "Y las medidas coincidían con las del siglo XVIII, entonces naturalmente, decidieron excavar."

"¿Qué encontraron?"

"En el otoño de 1967, ellos realizaron un estudio de resistividad del suelo. ¿Sabés que es eso, Heather?"

"¡Piérdete, Jake!"

"¡Solo bromeaba! Pero las sondas revelaron lecturas más altas en el área de la marca de cultivo que en otros lugares. Confirman la cabeza y las orejas. Como control, hicieron una excavación que no mostró alteraciones visibles en el suelo y ninguna roca que provocara cambios en la resistividad."

Heather miró a su esposo, y su voz fue cortante, "¿Me pregunto si usaron medidores de alta o baja frecuencia? Yo supongo que ellos usaron el Wenner 4-Point Test Set-up, ¿no?" Ella le entregó una leve sonrisa mientras él se tambaleaba.

"Yo... er... no creo que haya tomado nota de nada de esto."

"No, no lo habrás hecho. Entonces, ¿Cuándo fue visto el caballo por última vez?"

"Depende. Verás, ha habido cinco caballos. El más grande y original, éste, no sobrevivió mucho después de 1656, de acuerdo con los registros documentales. El segundo caballo era más pequeño y cubría parcialmente al primero. El tercero y pequeñísimo, solo 55 pies de largo, orientado a la derecha o al sur; está por arriba y hacia la izquierda de los primeros dos. Esto fue descripto por un cierto Reverendo Mead en 1742, el hombre que más tarde insistió en la teoría del Conde de Warwick. Te lo contaré más tarde. Los mapas de 1727 y 1798 confirman la presencia de este caballo."

Heather se estaba impacientando con sus divagaciones a través de la historia. "Entonces, ¿dónde está el misterio, Jake?"

"¿No me has estado escuchando? La ironía de esto es que este caballero anticuario estaba basando su cronología en un caballo falso."

"Si, pero no quiere decir que estaba errado. Su teoría podría ser aplicada al primer caballo."

"Puede ser. Por eso quiero averiguarlo y probarle que está equivocado. Yo pienso que los sajones lo cortaron primero."

"¡Pffff! ¡Lo harías!"

"Puedes burlarte todo lo que quieras, pero llegaré al fondo de esto."

A Heather no le importaba para nada, pero ella quería calmar a su excitado esposo. "¿No dijiste que había *cinco* caballos rojos? ¿Qué hay acerca de los otros dos?"

Apaciguado, dijo, "El propietario del Sun Rising Inn cortó el caballo 4 alrededor de 1800. Era pequeño, cerca de 17 pies de largo, y parecía un caballo de pantomima con pies humanos. Era poco más que un letrero de posada. Ellos lo derribaron deliberadamente en 1910."

"¿Y el último?"

"Este fue mencionado por un hombre llamado Turner en 1892. Este tiene diez yardas de largo y tallado en Spring Hill un poco al sur del cuarto. Se registró por última vez en 1914 y no sobrevivió la Gran Guerra."

"¿Por qué no presionaron los arqueólogos para re-tallar el caballo original?"

"Según el libro del Sr. Miller, parece que hubieran querido eso, pero el propietario había plantado la pendiente con árboles de madera blanda. A pesar de haberle pedido al propietario,

Lord Bearstead, no estaba dispuesto a destruir cerca de dos acres de madera madura. Hoy el sitio ha cambiado un poco. Los árboles más maduros previenen el crecimiento bajo de la vegetación, y es relativamente fácil caminar entre ellos. Rastros de las excavaciones originales de 1968 se pueden ver todavía. No es posible que los árboles sean talados por uno o dos años aún. No sé qué siente acerca de esto el nuevo propietario, nieto de Lord Bearstead. Eso es algo que intentaré averiguar."

"Tu mejor ten cuidado a los terratenientes generalmente no les gusta que interfieran en su propiedad. ¿Recuerda que pasó cuando estuviste involucrado con el Hole de Elfrid en Ebberston? Fuiste afortunado de salir con solo severos moretones."

"Eso fue diferente. Como arqueóloga, tú debes comprender que es acerca de restaurar nuestro patrimonio histórico."

"¡Pienso que esta historia es más sobre Jake Conley y su cabeza divertida!"

Él miró a Heather. Ella podía ser exasperante, pero antes que él pudiera pensar una respuesta, ella preguntó, "¿Qué pasó con tu interés en Wootten No sé qué?"

"Wooten Wawen. Sigo muy interesado. Yo puedo conducir esta investigación alrededor de mis otros planes."

"¡*Investigación*! Oh querido, este asunto del Caballo Rojo está tomando una dimensión completamente nueva. Y no estoy segura de que me guste."

CUATRO

Broadway, Wecestershire Cotswolds, 2020 and 590 AD

Jake paseo por el pavimento de la High Street, una amplia avenida que estaba a la altura del nombre del pueblo de Brodway. Se dirigió en su camino pasando las construcciones de piedras color miel y pubs con techo de paja, mirando ociosamente en las vidrieras hasta que encontró un negocio de antigüedades. Allí, una sensación familiar, un dolor sordo, apareció en su frente, encima y entre sus ojos. Él se había dado cuenta que este sentimiento de "Tercer ojo" era un indicador de conciencia psíquica y no debía ser ignorado; esto, junto con una compulsión natural por mirar antigüedades significaba que simplemente no podía dejar de lado una visita, lo condujo a entrar al comercio.

"Buen día, señor, ¿puedo ayudarlo?" un hombre bien hablado en sus cincuenta, con la piel envejecida de un fumador empedernido lo saludó.

"Yo solo quiero mirar alrededor, ¿está bien?"

"Por favor sea mi invitado."

Sorprendido, Jake casi se encogió cuando giraba alrededor de un águila de bronce, sus alas se extendían y su pico estaba medio abierto. ¿Cómo podría alguien vivir con un objeto que se veía tan agresivo en su salón? Él iba pasando junto a un Buddha dorado, con las piernas cruzadas debajo de él, las manos ahuecadas en su regazo en meditación, en la más absoluta relajación, una estatua pacífica. Justo más allá, en una mesa pequeña, estaba una caja de nogal pulido, su tapa se mantenía abierta por una bisagra deslizante de latón brillante.

Curioso, Jake miró dentro y vio una colección de pequeñas, bolsas de terciopelo de diferentes colores. En la parte superior de una bolsa había un hueso tallado. Él lo recogió y lo mantuvo en la palma de su mano, girándolo con su otra mano. Él reconoció que el hueso era una vértebra de oveja. Grabado en él y pintado en negro para mejor contraste había una runa Anglo-Sajona. Desde detrás suyo, una suave voz dijo, "Es una reproducción, por supuesto, pero bastante finamente hecha, ¿diría usted? Es uno de un juego, el primero de los seis sonidos del siglo V *futhroc;* los otros están en la bolsa roja."

Jake removió la bolsa roja, revelando un hueso algo más gastado descansando solo en el fondo de la caja. Cuando sus dedos estaban cerca de agarrarlo, un agudo dolor en su frente se transformó una vez más en el dolor en el lugar usual para advertirle de la importancia del objeto. Él fingió indiferencia, estudiándolo en su palma.

"¡Ah, esto!" dijo el hombre. "No puedo recordar de donde vino. Es probable que haya llegado con algunas chucherías, pipas de arcilla, usted conoce el tipo de basura. Como hay una ruma grabada en él, la puse en la caja con las otras."

"Si," dijo Jake, tratando de conciliar su excitación, "en una runa *haegl,* el equivalente de nuestra letra H." *¿Habré dicho demasiado? Esta es una runa sajona original tallada en un hueso de nudillo de ciervo. Debería estar en un museo. Debo tenerlo.*

"Veo que es todo un experto, señor."

"Bueno, estoy interesado en todas las cosas Anglo- sajonas y mi esposa es una profesora de arqueología."

"Si le interesa, señor, se la daré gratis con el juego de runas."

Jake simuló indiferencia. "Oh, no sé. ¿Cuánto quiere por el juego?"

"Bien, están particularmente bien elaboradas. No puede dejarlas ir por menos que veinte libras."

"Eso parece bastante justo." Jake volvió su atención a la bolsa roja y entregó un billete de su clip.

"¿Pongo *este* con los otros, señor?" El tendero manejaba las runas sajonas con inferencia bordeando en desdén.

"Por favor, hágalo."

"¿Me pregunto si usted estaría interesado en nuestra colección de joyería antigua, señor? ¿Algo para la dama, quizás?"

Jake lo siguió hasta un mostrador con tapa de vidrio donde el vendedor desenrolló un envoltorio de terciopelo para revelar una brillante colección de exquisitos accesorios. Sus ojos fueron tomados por un prendedor ornamental en forma de libélula. Lo señaló. "Eso es adorable."

"Usted tiene un gusto excelente, señor. Es Art Nouveau. Cuenta con ópalo engarzado en oro de cuatro quilates. Y como los otros, viene con garantía de autenticidad."

"Y con precio acorde. Me imagino."

El tendero lo desenganchó del terciopelo y, girando el prendedor, entrecerrando los ojos para ver el minúsculo precio, escrito en tinta negra en una pequeña etiqueta. "Setecientos cuarenta y nueve con noventa y cinco, señor."

"Vale cada centavo," dijo Jake. "Le diré que, daré una vuelta y lo pensaré. Realmente no había pensado gastar tanto en este mes."

"Por supuesto, señor. Usted sabe dónde encontrarlo."

Fuera del negocio, Jake descartó la idea de comprar el broche de libélula ya que no había garantía que a Heather le gustara tanto como a él. Recordó su verdadera razón para venir a esta parte del Cotswolds. Su lectura superficial de la guía en su mochila había mencionado la Iglesia de St. Eadburgh. El nombre había saltado de la página hacia él porque su santo sajón fue el padrino del Rey Alfred el Grande. Él determinó de una vez visitar el edificio. Este era su afición y el propósito de para sus vacaciones. La iglesia estaba parada en un camino rural, donde una vez estuvo el pueblo, a lo largo de un sendero utilizado por los viajeros que bajaban de la escarpada Cotswold. Con el tiempo, los aldeanos abandonaron la iglesia y se mudaron al asentamiento actual, dejando al edificio religioso en aislación.

Cuando se aproximaba, Jake admiraba la forma estéticamente agradable de la torre de piedra de colores cálidos. *Siglo XII, definitivamente.* Aunque, debió haber sido una iglesia en el centro de atención en el período sajón, si esperaba encontrar algún rastro, estaba decepcionado. Sin embargo, no estaba descontento con su visita. Le encantaba la sensación abierta y pacífica de la nave, con sus gruesas columnas normandas y amplios arcos de arcada.

Ociosamente, se acercó a una mesa en la parte de atrás de la iglesia y hojeó un follero que explicaba las características del edificio mencionaba los fragmentos de vitrales medievales en el presbiterio y señalaba las caras talladas y el follaje en la placa de pared de madera debajo del techo. Él podría haberlo pasado por alto sin esta mención, pero lo que realmente le llamó la atención fue la referencia a otras iglesias nombradas después de St Eadburgha en el área. Había una en las cercanías de Ebrington. Echó un vistazo a su reloj. Era demasiado tarde para conducir y hacerle una visita.

Se estacionó junto al parque del pueblo y encontró un

sendero justo al lado de él con un cartel que indicaba la iglesia. Dando la espalda a las bonitas casas de Ebrington para tomar el camino, lo siguió hasta el punto más alto del pueblo donde reinaba suprema la torre corta y robusta, casi en su totalidad rodeada de árboles, sobre el asentamiento.

Él entró por la puerta del sur, entonces tomando por las tres filas de galones normandos sobre él, alzó los ojos hacia el espléndido tímpano, pasó directamente por el único artefacto sajón que la iglesia podía presumir.

Entrando al edificio, y la primera cosa que el vio fue la fuente del siglo XIII, levantada en un pedestal. Admiró sus siete paneles finamente tallados, cada uno conteniendo el símbolo de una rosa. Todos los pensamientos del período sajón abandonaron su cabeza cuando observó la excepcional tumba en el presbiterio dedicada a Sir John Fortescue, que había sido Lord Jefe de Justicia para Henry VI. Él tomó algunas fotos de la efigie pintada y decidió que había valido la pena ir a St. Eadburgh solo para ver la tumba.

Pero esta consideración fue antes de retornar al porche sur. Miró asombrado el ataúd de piedra sin tapa. ¿Cómo se lo había perdido? Seguramente, por el interior toscamente ahuecado y los lados gruesos, esto era sajón. Se sentó en el borde del ataúd y tanteó dentro de su mochila buscando su guía, para confirmar, pero sus manos se cerraron sobre la bolsa de terciopelo suave. No pudo resistir sacar para mirarla de nuevo a la runa *haegl*. Cuando sus dedos se cerraron alrededor del objeto, se produjo la dislocación.

———

Siglo VI AD

Jake miró alrededor de él en descrédito. No hacía mucho que había estado sentado en un ataúd cerca de una puerta de cedro ennegrecida en un porche construido de piedra, pero se encontraba parado en la entrada de un bosque. ¿Qué era ese sonido? ¿Cánticos? Él miró en la dirección del triste lamento. Se asomó a una escena diferente - no había árboles donde los árboles debían estar, crucen de madera se erigían donde resistían monumentos de piedra como recordatorio de la muerte. Una lenta procesión de hombres y mujeres se aproximaban lamentando el fallecido - *¿quién fue?* – dentro del ataúd tapado soportado por los hombros de cuatro robustos sajones. Él dio un paso a un lado para que ellos pasaran, pero ellos no mostraron signos de notar su presencia y continuaron, con sus seguidores todos cantando el canto fúnebre dentro de la iglesia. Él los siguió dentro de la edificación simple, construida de vigas de roble y cerchas, observándolos depositar el ataúd en frente de un hombre, vestido sencillamente, sin signos de vestimentas sacerdotales. Jake se emocionó pensando que estaba de alguna manera siendo testigo del comienzo de los servicios fúnebres cristianos en la historia de Inglaterra. Todos sus conocimientos del periodo lo llevaban a este pensamiento: *Debe ser el siglo VI- ¡mil quinientos años atrás!*

El sacerdote comenzó a entonar en Inglés Antiguo, y aunque Jake pudo distinguir una o dos palabras, no pudo comprender la mayoría del servicio. Una palabra que él identificó porque el sacerdote continuó repitiendo mientras apuntaba significativamente al sarcófago. Él comprendió que debía ser el nombre del fallecido – un cierto Stoppa. *Nunca escuché de él, lo perseguiré en mis libros de historia.*

Fascinado con lo que la experiencia fue, Jake no tenía ganas de quedarse hasta el final. Giró sin ser visto, dejó la iglesia e hizo el camino entre las cruces de madera en el cementerio. Solo se dio cuenta que todavía tenía agarrado el hueso de ciervo en su mano. Puso su mochila en el césped, tomó la pequeña bolsa roja y dejó caer la runa adentro. Una dislocación ocurrió una vez más. La misma luz del día cambiaba a un cielo más brillante donde estaban las cruces de madera.

2020 AD

Él giró para ver la iglesia del siglo XIII de piedra melosa, giró en redondo y miró hacia abajo sobre las adorables cabañas con techo de paja de Ebrington al noreste. Solo cuando se restableció la cognición del "mundo real" se preguntó a sí mismo, *¿Podían oírme los sajones, podían verme?* No estaba seguro de la respuesta, pero tendía a pensar que no podían y se detuvo en que había pasado. De algún modo la runa había actuado como una llave para desencadenar la retrocognición del siglo VI – psicometría. Pero él estaba seguro que había interactuado con el ataúd de piedra. Sin el efecto de este artefacto, él dudaba que hubiera vislumbrado el pasado. Comprender su don le hizo darse cuenta que nunca fue inútil. Debería haber un propósito subyacente en esta excursión en el tiempo, entonces él sin duda alguna examinaría quien era este personaje Stoppa. Por alguna razón, él fue importante. Jake se sentía mejor de lo que se había sentido por algún tiempo: la emoción de investigar el pasado estaba sobre él de nuevo.

CINCO

SEGÚN LAS APARIENCIAS, HEATHER Y JAKE ERAN UNA pareja perfectamente bien adecuada, y para la mayor parte, esto era cierto. Habiendo sido criado por un padre inteligente, inquisitivo y amoroso, a quien ella adoraba, Heather era hija de un padre clásico. Esto le permitía lidiar muy bien con las comprensibles inseguridades de Jake, pero también esto significaba que ocasionalmente hubiera algunos chisporroteos entre ellos que podían encender un barril de pólvora. Una pensadora extrovertida y racional, ella era también buena escuchante, pero cuando ella necesitaba decir lo que pensaba no vacilaba.

Pequeñas cosas encendían estas explosiones como pasó la mañana que ellos conducían a través del Valle del Caballo Rojo. Jake estaba al volante sin un destino en particular en mente. Estaban de acuerdo para seguir el camino y actuar en el calor del momento. Todo venía bien hasta que Jake vislumbró un cartel en la carretera con letras mayúsculas en negrita.

No Se Sienta En La Cerca
Hasta Que Es Demasiado Tarde.

"Me pregunto, ¿de qué se trata?" murmuró él.

"¿Qué?"

"¿No viste la señal diciéndole a la gente que no se siente en la defensa hasta que sea muy tarde?"

"No la vi, pero seguramente haya sido para alguna campaña política."

"Espero que tengas razón," dijo él y condujo en silencio hasta que otro cartel del mismo tamaño y color estaba plantado en el verde césped.

"¡Ahí hay otro, mira!"

"SALUD NO RIQUEZA," Heather se rio fuerte, "Debe ser una protesta de medio ambiente."

"Me pregunto de qué se trata," repitió él.

"¿Qué es lo que te preocupa? Estamos de vacaciones." Ella encendió la radio, una manera poco sutil de terminar la conversación, especialmente cuando la música sin restricciones del rock de Catfish y los Bottlemen gritaban.

"¡Maldito infierno, Heather, baja ese estruendo!"

"Pero me gusta."

Él apretó los dientes. Ella lo haría. Ella lo estaba apartando gradualmente de la música clásica, y él tenía que admitir que su excitación y entusiasmo por la vida eran por lo que él la amaba tanto. Quizá la seria arqueóloga necesitaba la válvula de escape del rock pesado. Él aún estaba intentando, con poco éxito, para llegar a un acuerdo con sus favoritos AC/DC y los Foo Fighters. Si lo presionaban, podía admitir que le gustaba uno o dos de sus 'mejores' tracks.

Todo esto pasaba por su mente cuando él vio un tercer cartel en la distancia, muy adelante para leer, pero los colores eran los mismos. Se acercó y apagó la radio.

"¡Hey!"

"Perdón. Mira querida, ¡hay otro!" apuntando la redacción ahora distinguible:

Paren El Trafico Del Fracking

y se quejó, "¡Típicos lugareños egoístas! Ellos quieren los beneficios del progreso, pero ninguno de ellos está preparado para pagar el precio."

"¿Has perdido la cabeza, Jake Conley? El fracking requiere miles de pozos que se perforaran en cientos de millas cuadradas con acceso sin obstáculo a grandes áreas de tierra. Es industrialización a gran escala."

"Lo único que te preocupa es que puedan dañar tus preciosos sitios arqueológicos."

"No seas un tonto tan condescendiente, Jake. Sólo escúchate. Y mira a tu alrededor. ¿No es un área hermosa? ¿¿Te gustaría realmente que la desfiguren los pozos del fracking"

"No quise decir...de cualquier modo conozco muy poco acerca del fracking. Lo investigaré y veré que está pasando aquí."

Ella lo miró, disgustándose cuando él desafió sus capacidades intelectuales, esperando más respeto de él, especialmente ahora que su carrera estaba alcanzando nuevas alturas y estaba ganando una reputación internacional. Ella volvió a encender la radio, no para provocarlo sino para ayudarla a calmarse. "Ruby Tuesday," un viejo de oro, hizo el truco entre ellos porque a los dos les gustaban los Rolling Stones.

Mientras se relajaba con el sonido rítmico, Jake reflexionó en las palabras de Heather. Él sabía que este era un aspecto de su carácter que ella amaba – su capacidad para reflexionar, evaluar y cambiar de postura. Sin embargo, necesitaba más información sobre el fracking antes de llegar a esa etapa. Si la población local estaba tan acalorada en su protesta y Heather tuviera razón, entonces ellos tendrían un punto, concedió internamente

Frustrado, Jake condujo de regreso a Bandury en lo que él consideraba un silencio digno. En realidad, estaba ofendido con su esposa que lo había convencido de conducir casi hasta Coventry para observar algunas depresiones en el césped. Podía ser que a él le faltara imaginación, pero estaba lejos de él reconstruir unos pocos mechones, protuberancias y huecos e imaginarlos como una carretilla de cuenco neolítico o de la Edad de Bronce. Si él no tuviera una arqueóloga con él para señalarle la leve depresión de una zanja de cinco metros, no lo habría notado en absoluto. De hecho, su visita a Lammas Hill en terreno elevado sobre el pueblo de Wolston no hizo nada por él. Ni si quiera la explicación excitada e informada de Heather acerca de la importancia de esto, y otros monumentos de tres mil años de antigüedad, lo inspiraron.

"Han sobrevivido muy bien," se entusiasmó ella. "¡Tendrá entierros primarios y secundarios y artefactos asociados!"

A Jake no podía importarle menos. No era Sajón, y, por lo tanto, no era interesante para él. Ella no se dio cuenta de su falta de interés y continuó, "Esto proveerá información acerca de los hábitos dietarios, enfermedades y estándares de vida de la población local. Los artefactos pueden darnos una idea del estatus social y de sus prácticas funerarias rituales. La tierra de las fosas y del túmulo proveerán información sobre el paisaje, el medio ambiente y el clima de la zona en el momento de la construcción del túmulo. ¡Oh, Jake, cómo me encantaría excavar esto!"

Le dio a su mano un apretón alentador y forzó una sonrisa y algunas trivialidades y hubiera preferido estar dando vueltas en alguna interesante iglesia. Estaba St. Margaret en Wolson, por ejemplo, pero no había tiempo suficiente para una visita si ellos esperaban volver a Bandury a una hora decente. Él apretó sus dientes. Su guía le decía que era principalmente normando, de cualquier forma, se consoló.

Luego de cenar, se acomodó con su laptop para comenzar una investigación sobre fracking en el área. O, en realidad, para encontrar lo que exactamente era el fracking. Aun antes de su accidente, Jake había sido superficial acerca de seguir las noticias. Él prefería estar mentalmente en la Era Oscura. Si tenía la intención de enfrentarse a Heather con respecto al tema, sabía que al menos tendría que estar tan bien informado como su esposa.

Cuando él descubrió que el fracking o el fracturamiento hidráulico implica bombear agua, arena y químicos dentro de la tierra a alta presión con el fin de dividir formaciones rocosas para liberar gas natural para su almacenamiento, se sorprendió. No obstante, su posición inicial de contrastar las certezas de Heather le hizo buscar argumentos a su favor. Varias citas saltaron sobre él, tales como, 'América hoy en día es auto-suficiente en petróleo y gas por esta nueva tecnología, que es extremadamente segura y bien probada.'

O nuevamente, 'La industria del fracking puede ser un gran creador de trabajo, y me enfada cuando la gente no mira la ciencia.'

Jake miró a su esposa, cuyo cabello rubio rojizo estaba inclinado sobre su smartphone mientras navegaba buscando más sobre el área que estaban visitando. Satisfecho de que ella no perturbaría sus preparativos para un debate que él intentaba ganar, continuaba acumulando argumentos en contra. Al final, logró adoptar las opiniones favorables al fracking de algunos ministros del gobierno. En particular, una voz que acusaba *'muy vocal, pero minúscula, minoría de personas'* de impedir el progreso, lo convenció. Él aceptó que la gente fue impulsada por el alto grado de ignorancia que trajeron al asunto. En la búsqueda para establecer la superioridad intelectual sobre su esposa, Jake cometió el error desenfrenado de pasar por alto las serias objeciones atribuyéndolas a intereses creados o a una total estupidez. Él se había decidido con parcialidad de qué lado de la valla había optado. Que comience la batalla. Excepto que no lo hizo... no inmediatamente de todos modos.

Heather miró hacia arriba y le sonrió dulcemente, sus ojos verdes suaves y cariñosos. "He encontrado algo que seguramente amas – ¡es hermoso!"

Ella había capturado su interés, y él empujó todos sus pensamientos de argumentos fuera de su mente cuando la miró, curioso, a su jubiloso rostro ovalado con sus pómulos altos. "¡La Borla Bidford!" ella lo provocó.

"¿El qué?"

"La Borla Bidford. Es un aestal dorado y negro del siglo IX. Tiene una cabeza hecha de un estampado dorado con piezas esmaltadas en rojo y azul – ¡bastante encantador!"

Jake saltó, cruzando la habitación hacia la silla de ella, y observó maravillado la fotografía que ella mantenía levantada con una mirada de alegre triunfo.

Él dijo, "Es un señalador para el lector de manuscritos como el famoso Alfred Jewel. Esto es ligeramente anterior, pero es exquisito. ¿Dónde fue encontrado?"

"¡En Bidford, tonto!"

"¿En Bidford sobre Avon? ¿Puedo verlo ahí?"

"No, tienes que conducir hacia Warwick – está en el Museo Warwickshire. Yo leí acerca de esto. Fue encontrado en una tumba, enterrado con amuletos y un escalpelo como un cuchillo. El esqueleto era femenino, y a causa de los artefactos, ellos la llamaron la Mujer Astuta."

Jake sintió que se le erizaban los pelos de su brazo y el familiar dolor sordo vino a su frente. Por alguna razón, esta Mujer Astuta era importante para su investigación. Él tomó una decisión. "Me voy a Warwick mañana para darle una mirada a ese aestal ¿Quieres venir?"

"No lo creo. Me voy a Oxfford. Tomaré el tren. Hay una conferencia de arqueología sobre arqueología espaciotemporal e investigación histórica en las redes. Es una oportunidad demasiado buena para perderla."

"¡Esto suena extremadamente entrañable para mí! ¿Sabes que rima con entrañable? ¡Besale – como tú!"

Se inclinó demostrativo y pronto se volvió apasionado, llevando al despojo de las prendas. Jake pronto olvidó acerca del fracking cuando se tumbó en la cama.

Cálidos pensamientos acerca de su hacer el amor lo acompañaron en su viaje a Warwick la mañana siguiente. Ya informado que en el Museo se alojaba el Marquet Hall en el siglo XVII, Jake dejó su auto y caminó hacia el centro. Ahí él admiró la forma espléndida en que se habían acristalado los tres arcos y uno de ellos transformado en una moderna puerta corrediza de cristal. Él leyó con placer que la entrada al museo era gratis, y entonces echó un vistazo a los horarios de apertura. El museo había abierto media hora antes, a las diez en punto. Pasando a través de la puerta, entró a la tienda del museo y siguió derecho a través de la cafetería. Él prefería beber un café a esa hora cada día y se deleitó comprando un expreso italiano que estuvo a la altura de su nombre. Con frecuencia la disculpa ofrecida como un expreso lo dejaba furioso con resentimiento, pero no hoy aquí.

En un abundante buen humor, se movió hacia las colecciones, pero fue interceptado por un hombre de mediana edad, que cortésmente le preguntó si necesitaba un guía.

"Realmente, confieso que vengo a ser más que ciego. Mi único interés es la colección Anglo-Sajona y en particular la Borla de Bidford."

"¡Nuestro aestal! Este *es* bastante especial. Si usted está de acuerdo, lo llevaré directo allí, señor. Sin embargo, debo advertirle, que las tablas del piso son algo desiguales en el piso de arriba, debido a la naturaleza antigua del edificio."

"Seré cuidadoso entonces. Es mucho mejor que usted conserve el piso original."

"Efectivamente. Me alegra que aprecie nuestro pensamiento."

El cabello de sal y pimienta del guía se detuvo junto a una vitrina y apuntó. "Nosotros pensamos que esta borla es uno de los aestals del Rey Alfred. Estos señaladores fueron enviados por Alfred con libros religiosos a los monasterios alrededor de Inglaterra. El aestal más famoso es la Joya de Alfred que está en exhibición en el Museo Asolean en Oxford."

"Si, por supuesto, lo he visto, pero este es nuevo para mí."

"para ser sincero, somos muy afortunados de tenerlo aquí. Sin la ayuda de becas de V&A Purchase Grant Fund y la Fundación de Colecciones de Arte Nacional, nunca hubiéramos tenido éxito."

"Odio pensar cuanto debe haber tenido que retroceder."

"Mucho menos de lo que podría haberse recaudado en una subasta privada. Hubiera sido una lástima que una pieza tan exquisita hubiera terminado en las manos de un coleccionista privado, encerrado en algún lugar seguro para ser visto raramente y entonces solo por algunos privilegiados."

"Si, y muy posiblemente lejos de estas costas, un largo camino desde el condado al que pertenece."

Jake frunció el ceño y agregó. "Es maravilloso que la gente de Warwickshire, o alguien más, pueda caminar aquí y admirar este artefacto sin pagar por el privilegio."

"Lo dejaré en paz para que lo vea bien, señor. Como usted ve, tenemos algunos otros objetos sajones. Si hay alguna otra información que usted necesite, estaré escaleras abajo."

"Muy amable, gracias."

Jake observaba al pequeño objeto precioso. Con la forma de un globo infantil inflado- uno redondo- pero poliedro y hecho de oro. El encaje corto, donde uno soplaría si fuera un globo, pudo haber contenido un puntero de marfil, delgado como un cortapapeles, mantenido en su lugar por un delgado remache de oro. Una porción de la cabeza se apoyaría en la página para permitir deslizarlo a través de ella cuando el usuario leía. Este aestal era mucho más pequeño que la Joya de Alfred y a diferencia de ese, no horadaba la escritura. El lado que podía admirar contenía dos círculos cada uno lleno con un diseño triangular que servía para mantener una pieza de esmalte azul o roja.

Exactamente por qué el dolor sordo retornó a su frente cuando el observaba el objeto lo desconcertó. El aestals de Alfred era al menos trescientos años posterior que los primeros asentamientos de los Stoppingas. No cuadró, así que decidió buscar afuera más acerca de la Mujer Astuta. Con esto en mente, bajó las escaleras y encontró al asistente que le había mostrado el aestal.

"Yo no sé cómo usted llegó a pensar que era parte del entierro acerca del que usted pregunta, señor, pero le puedo asegurar, que usted ha sido mal informado. La Borla fue encontrada por un detector de metal en 2007 cerca de Stanford Road, mientras que la tumba conocida como HB2 – la de la así llamada Mujer Astuta – fue excavada en 1971 en el extremo norte del borde del bien llamado cementerio mixto en Bidford sobre Avon."

¡Maldita seas, Heather, me trajiste a una búsqueda inútil!

"¿Qué más puede decirme acerca de la tumba HB2?"

"Contiene un cuchillo con mango de hueso de un largo inusual; un cono de asta; amuletos de hueso; etiquetas de encaje de bronce; y una 'lentejuela' de bronce, usted sabe, del tipo que debe haber sido parte de un collar de cuentas que brillaba y tintineaba cuando el portador lo movía. Esta mujer fue tenida en gran estima a juzgar por los bienes de su tumba. Los artefactos sugieren enlaces con Anglo Inglaterra y la Britania post-Romana... Yo digo, ¿está usted de bien, señor?" El asistente extendió una mano cuando Jake, pálido y mareado, se balanceaba en sus pies. En realidad, no estaba nada bien. De hecho, el dolor en su cabeza era tan insistente que pensó que podría desmayarse o enfermarse.

"Yo-yo estaré bien. Solo necesito algo de aire fresco, supongo," y se las arregló.

Afuera, él observó hacia atrás su reflejo en el vidrio hacia el ansioso rostro del asistente del museo mirando afuera hacia él. Débilmente él levantó una mano, para mostrar que estaba funcionando nuevamente.

No fue una búsqueda inútil, entonces. El aestal fue solo un medio que me trajo aquí. No recuerdo que el dolor haya sido tan fuerte antes. Debe ser el asunto de la Mujer Astuta.

Jake decidió tomar un paseo a lo largo de Swan Street para hacer unas pequeñas compras. Sus ojos fueron captados por una tienda de regalos anticuada que ofrecía un rango de productos etiquetados como *perfumes del jardín.* Él estaba a punto de caminar e investigar aquellos productos de jardín cuando una arrugada, mujer de dientes rechinantes lo abordó, empujando un folleto en su mano. El miró abajo hacia el papel brillante anunciando un debate público acerca del fracking en Warwickshire. Mirando atrás al rostro arrugado, recibió un shock. Dos penetrantes ojos azules se fijaron en él con una mirada hipnótica. Su cabeza le dio vueltas y sintió como si le estallara. Un delgado dedo negro lo apuntaba a él. "¡Tú eres un elegido! *Tú* debes detener la violación de la tierra."

Ella hablaba tan extrañamente y tan tranquilamente que Jake no estaba seguro que hubiera escuchado bien. Pero al mismo tiempo, él sabía que no había error. Su frente le dijo así con el miedo que, era imposible en un mundo normal, él se había encontrado con la reencarnación de la Mujer Astuta del siglo V. cuando se recobró y miró a su alrededor, ella no estaba por ningún lado. Él quería preguntarle a ella, y aunque él buscó por las calles del centro del pueblo cerca del Market Place, no pudo verla. Comenzó a pensar que su imaginación le había jugado trucos, pero cuando fue a su bolsillo, él sintió el folleto – no había imaginado *esto*. Iría a la reunión para aprender lo que pudiera.

SEIS

Bandury 2020 AD

Jake se sentó en el sillón y estudió el folleto brillante que la vieja mujer le había dado. Cuando hizo eso, su cabeza comenzó a dolerle y a girar. Con una sensación de aprensión, reconoció que la dislocación iba a ocurrir una vez más.

———

Tiw's hoh 577 AD

La mujer se sentó con las piernas cruzadas en el terreno, su cabello largo y sucio, un marco adecuado para su rostro sucio de rasgos afilados. La expresión lejana y ciega cambio poco cuando la solapa de la tienda se apartó y un guerrero salpicado de sangre con el rostro sombrío se agachó hasta el suelo para sentarse frente a ella.

Jake estaba petrificado en una esquina oscura de la habitación y esperando que ninguna de las personas extrañas pudiera verlo o sentirlo. Con un comienzo, la reconoció como la vieja mujer que le había dado el folleto. Así que tenía razón al sospechar que ella venía de otra era y lugar.

El recién llegado gruñó enojado cuando ella no pudo reconocer su presencia, esta miserable harapienta de dientes desgarrados que pasaba por una mujer astuta. Ella lo asustó emitiendo repentinamente al emitir un gemido grave. Miró a la vidente; ¿era esto lo mejor que podía hacer en este momento de ajuste de cuentas?

"Será mejor que hagas esto bien, bruja," amenazó en no más que un murmullo, mirando el broche de plata finamente elaborado pero deslucido que tenía la intención de removerlo de su cadáver cuando la asesinara como a un cochinillo. La joya era la única cosa atractiva acerca de ella. "Es la primera vez que probamos la derrota," dijo él, escupiendo en el suelo inmediatamente en frente de su pie descalzo. "¿Por qué no me avisaste?"

"¿Cómo podría? Me despreciaste, Stoppa, como hiciste con nuestros dioses, en tu arrogante orgullo, en una manera que tu padre nunca hubiera hecho."

Nuevamente, Jake empezó cuando reconoció el nombre. *¡Stoppa! Este era el nombre del sacerdote había pronunciado sobre el ataúd en la Iglesia de St Eadburgh. Todavía no lo he comprobado – debo hacerlo.*

"¡Cuida tu lengua, bruja, para que no la pierdas!"

Ella miró al ancho rostro del cacique y siseó, "¡Ay, matar a una vieja mujer! Serías mejor en esto."

"Si tú quieres vivir, bruja, dime que debo hacer."

La mirada lejana retornó, y ella comenzó un balanceo suave acompañado por un bajo gemido que retumbaba en su garganta. Después de largos minutos que parecían nunca terminar para Stoppa, sus acuosos ojos azul pálido se asentaron en su rostro.

"¿Bien?"

"Los sacerdotes de los bretones emiten una magia poderosa. Para frustrar sus hechizos, debes hacer una compensación a Tiw."

"Es verdad, me descuidé al no hacer un sacrificio a los dioses antes de la batalla, y la pelirroja embadurnada de azul me maldijo haciéndome pagar un alto precio."

"Pero no todo está perdido..."

Ella se rió ante la oleada de esperanza apareciendo en su rostro.

"Ay," continuó ella, "mil pasos lejos de la dirección del sol poniente, bajo el valle sube una pendiente. Toma hombres y despeja el crecimiento de su rostro de la tierra rojiza, pero remuévelo a semejanza de Tiw y su caballo." Jake reprimió un grito ahogado porque todavía no estaba seguro si podía ser visto u oído. Su teoría de que el caballo rojo procedía de los sajones bien podía ser cierta. "que se limpie para siempre y caiga una maldición sobre los que descuiden el deber. Cuando esté hecho, tu vencerás a los bretones y tomarás posesión del valle, ay...y más allá." Ella revolvió dentro del corpiño de su vestido, sacó una tableta de metal suave y se lo entregó a Stoppa.

Él miró con asombro el material gris y las runas gravadas ahí. Sólo pocas personas eran admitidas en el arte de escribir en runas- los símbolos encantados que gobernaban el pasado, el presente y el futuro. El cuervo viejo delante de él era una de esas personas. Por un momento estaba contento de no tener que matarla aun si eso significaba renunciar al broche de plata. Si ella estaba segura acerca de derrotar a los bretones, él se prometía a si mismo que la trataría con el honor que su padre le había dado a lo largo de su vida. Él suspiró y su corazón se hundió ante el pensamiento de los bretones, que luchaban con una rara ferocidad y astucia. Su lamentado padre los había derrotado, él era un guerrero con un cerebro mucho más astuto que el propio, esto lo admitió.

Nada de esto se le escapaba a la mujer. "Se de corazón fuerte, Stoppa, tu podrás liderar a tu gente a una gran victoria si sigues mis instrucciones."

Él miró de su rostro mugriento a la losa de plomo de casi el mismo color que sus manos. "¿Qué es esto?" gruñó él.

"La maldición," dijo ella, casi provocando que Jake empiece de nuevo, y Stoppa casi lo deja caer, como si de repente estuviera fundido. "Entiérralo donde talles las figuras y ponlo en el lugar de los testículos del caballo." Nuevamente, ella se rió, esta vez mucho y fuerte y todo el tiempo mirando a la entrepierna de Stoppa.

Disgustado, él saltó sobre sus pies y salió torpemente de la tienda con la risa burlona de la bruja sonando en sus oídos. En el limpio aire exterior, se calmó, sintiéndose como un hombre el día después de un pesado festín, con su cabeza doliéndole, él caminó para encontrar a Lyn, hijo de Willa, famoso por sus habilidades dibujando. Había mirado detrás de él, pudo haber visto o no, a un hombre con vestido extravagante siguiéndolo. Jake, quien se había resbalado, creía él, desapercibido desde la cabaña, escondido detrás de un pajar bajo y espiaba al guerrero.

"¡Ven aquí, niño!" gritó Stoppa cuando vio a Lyn uniendo una herida en la frente de su padre. "Deja eso a las mujeres del pueblo. Yo necesito de ti."

El joven se escapó hacia su ladi. "Encuentra un palo y afila el extremo," ordenó Stoppa, mientras el perplejo bribón se escapó, no atreviéndose a contestar la orden de su líder. Los ojos del cacique vagaron más allá del campamento de los guardias ubicados como centinelas en terreno elevado y casi involuntariamente al doloroso humo tenue que se encrespaba de las cenizas de las piras que ellos habían encendido algunas horas más temprano. Sus guerreros muertos estaban ahora en el festín de Woden en el salón dorado, donde, apretó los dientes, lo que no significaba que perdonaría a ningún bretón que se le cruzara.

Lyn regresó con un palo robusto tallado con una punta aguda.

"Buen muchacho." Stoppa arrastró la suela de sus botas para limpiarlas de cualquier piedra suelta de la tierra polvorienta, "Ahora, quiero que me dibujes a Tïw con un caballo debajo de él."

Él cruzó sus brazos y observó al muchacho, que, con la lengua entre sus dientes, grababa en el suelo. Dado lo duro del terreno, hizo un trabajo más que pasable hasta que empezó con el caballo.

"¿Cuántas patas, Lord?"

"¡Cuatro, por supuesto, cabeza hueca!"

"¡Pero, Lord, ¡Sleipnir de Woden tiene ocho! Me pregunto cuántas puede tener el caballo de Tïw."

"¡Cuatro, maldición!" Él golpeaba con la punta de su bota con impaciencia hasta que el joven hubo terminado.

"Está bueno, Lyn. ¡Ahora, escucha!" Le explicó la tarea que tenían ante ellos al día siguiente. "Entonces," concluyó, "Tu trabajo será dirigir a los hombres para que tengan la misma apariencia, ¿Puedes hacerlo?"

"Ay, Lord, aunque mucho depende del estado del terreno. Pero se puede hacer."

"Se hará," Revolvió el cabello de Lyn para mostrar su placer.

Al día siguiente, Jake, permanecía inseguro acerca de su visibilidad, inmóvil escondido seguro en un arbusto frondoso de madera blanda y observaba como el cacique medía mil pasos bajando el valle y apuntando la escarpada. "Aquí" anunció, "es el lugar donde haremos el tributo a Tiw, para que nos de la victoria contra los británicos."

Lyn ya estaba trepando por la escarpada y después de unos momentos llamó, "¿Por aquí, Lord?"

"Ay, eso debería servir para el caballo, ¡Ve más arriba para Tiw! ¡Detente! Ahí estará bien." Él envió diez hombres con picas, espadas y hoces cuesta arriba para unirse con el joven. Lyn dio instrucciones, y aunque cada uno de los labradores eran más viejos que él, cada uno obedeció sin cuestionarlo, tal era el respeto por su cacique, Stoppa. Pronto Lyn se unió a su líder al pie de la escarpada y desde allí gritaba instrucciones en voz chillona. "¡Detente! ¡Dos pasos hacia atrás, limpia eso!" A cada orden chillona, la tierra rojiza quedó expuesta hasta que apareció la inconfundible forma del dios de la guerra. Satisfecho, después de dos horas de eliminar maleza y césped, con la arcilla roja expuesta para mostrar la figura del dios, Lyn ordenó a los hombres que dibujaran cerca, algunos pies más abajo.

Ahí comenzó la tarea más fácil, pero más extensa de crear el caballo. Lyn intervino él mismo para limpiar la vegetación a la altura de las orejas, el rasgo más delicado, debería serlo. Cuando todo fue hecho, Stoppa retrocedió a través del valle y se glorificó en el hecho de que el dios y el caballo aparecían muy claramente desde una buena distancia. De hecho, las figuras rojas dominaban el valle. Solo quedó una sola tarea: se apresuró a elogiar a Lyn y a sus hombres y declaró solemnemente, que ellos podrían derrotar ahora a los británicos, de acuerdo con la mujer astuta. Esta declaración fue recibida por una gran y sincera ovación – muchos de ellos habían perdido a algún familiar o amigo en la primera batalla, por lo que sus corazones estaban puestos en la venganza.

Stoppa agarró la pala de uno de los hombres y trepó el banco empinado. Llegando al caballo, se movió hacia las patas traseras y cavó en el terreno hasta que hizo un agujero de un pie de ancho y dos pies de profundidad. Dentro de este arrojó la tableta de plomo y rellenó con tierra roja, palmeándolo y nivelándolo con el dorso de su pala antes de pisotearlo con su bota.

"Cuando hayamos masacrado a los británicos, tomaremos este valle. Miren qué rico es el suelo. Repartiré la tierra entre los Stoppingas, y recordaré especialmente a ustedes hombres por su trabajo de hoy, y sobre todo tu, Lyn. Ahora te hago guardián de Tiw y su Caballo Rojo. Tu tarea deberá ser mantenerlo limpio de todo crecimiento. Pero cuidado, hay una maldición sobre todo aquel que no cumpla con la tarea."

"Será como dices, Lord."

Emocionado, Jake pensó, *lo supe todo el tiempo- el Caballo Rojo era un geoglifo Sajón.*

Stoppa y su gente no sabían esto, pero en estos días, en otra parte el West Seaxe derrotó Caer Gloui, Caer Baddan y Caer Ceri y estableció el territorio alrededor de Gloucester y Bath. Esto significaba que sus adversarios no podrían recurrir a viejas alianzas para fortalecer su resistencia ante el avance de los Stoppingas. Por lo tanto, su triunfo subsecuente no dependió completamente de la magia.

Con su conocimiento consolidado del terreno y el mantenimiento de estrategias de defensa, los británicos eligieron defender el antiguo fuerte de la colina en Madmarston. Sus pendientes empinadas y su forma redondeada y plana lo hacían casi inexpugnable. Stoppa llamó a sus guerreros más fuertes a un debate.

"Un asalto total en esa colina conducirá a la pérdida de muchos de nuestros hombres y a una derrota segura."

"Su comida y agua no durarán por siempre," dijo Willa, haciéndose eco del pensamiento de muchos otros. Stoppa cruzó sus brazos sobre su pecho, un gesto que usaba siempre que no toleraba un desacuerdo, "Nosotros no podemos darnos el lujo de esperar. Ellos pueden esperar hasta que llegue la estación fría y forzar nuestra retirada."

"Si nosotros no podemos atacar y no podemos esperar, ¿qué haremos entonces?" preguntó Holt, un guerrero con más cicatrices que la cara sin cortar.

"Superarlos es la única manera," declaró Stoppa. "Necesitamos un plan para hacerlos salir de su fortaleza."

Stoppa no tardó en descubrir que sus seguidores carecían por completo de ingenio y él, aunque era un luchador formidable, no estaba dotado de una mente aguda.

En medio de la perplejidad general, el joven Lyn, comenzó a hablar. No era costumbre que alguien tan joven interviniera en un debate, pero las circunstancias permitían excepciones, Stoppa pensó y asintió. Jake, inadvertido en medio de la multitud- era como si fuera invisible- escuchaba cuidadosamente a cada orador y la historia en ciernes.

"Esta es una oportunidad de hacer salir a los británicos y al mismo tiempo obtener la entrada al salón dorado de Waelheal." Ante la mención del salón de banquetes de Woden, donde los guerreros caídos se deleitaban con los dioses por la eternidad, la pretendida indiferencia hacia las palabras del muchacho cambió a gran interés. "Uno de cada tres hombres se enfrentará a la furia de los misiles del enemigo y, fingiendo cobardía, se darán vuelta y huirán. El enemigo se lanzará en su persecución y los dos tercios restantes de nuestra fuerza, cuidadosamente escondidos, caerán sobre ellos y los masacrarán."

"Es un buen plan," dijo Holt, "pero hay una seria debilidad."

"¿Qué?" gruñó Stoppa, cruzando sus brazos de nuevo.

"¿Dónde esconderás un vasto número de hombres en una ladera abierta?" Holt miró a Lyn con un aire desafiante.

"He pensado en eso," sonrió Lyn. "Salí antes del amanecer y comprobé la ubicación de la colina. ¡Quien construyó esta fortaleza cavó una profunda trinchera alrededor de su panza! Si la mayor parte de nuestros hombres entran antes del amanecer con césped recién cortado y ramas frondosas para ponerse encima y esconder su presencia..."

El no necesitó terminar su explicación cuando los comentarios emocionados se unieron para convertirse en un ruido alborotado sin sentido.

"¡Silencio!" gritó Stoppa, y el rugido de su ancho pecho fue tan sonoro que se restauró la calma de una vez. El cacique miró alrededor, esperando para asegurarse a sí mismo que nadie se atreviera a pronunciar una palabra antes de decir. "Es un buen plan. El resto atacará con las primeras luces, resistirán la primera lluvia de misiles y luego huirán colina abajo. Solo aquellos que estén preparados para unirse al banquete de Woden deben ofrecerse."

"¡Cuenta conmigo!"

"¡Yo voy!"

Una vez más, Stoppa tuvo que sofocar el alboroto, pero esta vez lo hizo de buen modo. Tal era la confianza en los dioses y la fe en alcanzar el Waelheal que, en la hora antes del amanecer, Stoppa tuvo que detener el conteo de cabezas y ordenó a los guerreros descontentos que se unieran al grueso de su fuerza que ahora se iría a esconder en la trinchera debajo de la cima de la colina. Había sido cortada muchas generaciones atrás para atrapar al enemigo en la batalla. Ahora, pensó Stoppa, se volvería en contra de los defensores. Consoló a los descontentos señalándoles que habría una batalla en la que de todos modos podrían obtener su deseo de que sus almas volaran con las Valquirias al salón de Woden.

Al amanecer la fuerza reducida, siendo todavía suficientes hombres para engañar al enemigo, avanzaron, con los escudos levantados, hasta que alcanzaron unos cien pasos desde la cresta donde la trinchera escondía a sus camaradas, en juramento de silencio. Pasaron a través de ellos, silenciosos como espectros, antes de alzar sus voces en gritos de guerra y silbidos penetrantes. La respuesta vino instantáneamente en flechas y jabalinas lloviendo sobre ellos. Algunos cayeron, heridos o muertos, pero la mayoría sobrevivió bajo sus macizos escudos de tilo o de roble. Jake había tomado una posición segura lejos de los atacantes, pero lo suficientemente cerca para observar lo que estaba pasando. Él no quería poner a prueba su teórica invisibilidad con la perversa punta de una jabalina o una afilada punta de flecha británica.

"¡Retirada, retirada!" gritaba Holt, el líder elegido del tercero. Como uno, los hombres se volvieron y corrieron para ser seguidos por otra lluvia de flechas. Algunos cayeron atravesados, otros tropezaron, entonces el camino se volvió caótico y terriblemente realista.

Los defensores salieron corriendo de inmediato para no perder la oportunidad de atrapar al enemigo en la trinchera. Solo cuando se derramaron sobre el borde del foso defensivo, los británicos reconocieron la astucia del enemigo. Para entonces era demasiado tarde. Los vengativos sajones provocaron una terrible matanza, y la victoria fue lograda. Los pocos británicos que sobrevivieron y las mujeres y niños que quedaron en el fuerte fueron apresados y esclavizados.

Cuando el ritual de quema de los muertos fue completado, Stoppa ordenó que se preparara una fiesta, y entre los preparativos estaría el sacrificio de un buey capturado para Tiw. En la fiesta, honraría a dos personas, sobre todas; a la mujer astuta y a Lyn, a quien nombró como su sucesor. Esperaba que ese día estuviera muy lejos porque tenía grandes planes para el Valle del Caballo Rojo. El primero de ellos era encontrar un lugar adecuado para construir un palacio digno de un cacique.

Temblando, con la adrenalina bombeando después de lo que había presenciado, Jake se alejó del pueblo, se sentó en el tocón de un árbol para ordenar sus pensamientos y, mientras miraba el folleto que había sacado de su bolsillo, experimentó una dislocación nuevamente.

SIETE

Pillerton, Warwickshire 1214 AD

ÉL ESPERABA ENCONTRARSE DE REGRESO EN EL SIGLO XXI sentado en su sillón, sin embargo, sus ojos, presa del pánico distinguieron la pasarela aireada de un claustro monástico. Con cautela, Jake abrió una gran puerta de madera y caminó dentro de una sala capitular, justo a tiempo para ver a un monje llegar con un mensaje para su prior.

El exitoso abogado Sir Philip de Beaumont había adquirido tierras en Warwickshire entre los cuales, el pueblo de Pillerton y el terreno circundante. Uno de sus deberes como propietario era velar por la limpieza del Caballo Rojo que se encontraba en el lado del acantilado cerca del pueblo. Los asuntos de Sir Philip eran de poco interés para la comunidad local, excepto en la medida en que afectaban su sustento. El enfoque ligero del abogado en cuanto a sus obligaciones feudales no lo convirtieron en una figura impopular. Esta circunstancia resultó útil en 1214 cuando el Prior de Warwick reclamó dos tierras vírgenes en Pillerton.

Un monje, fue enviado al pueblo para investigar el humor local, regresó desaliñado a su priorato, el peor viaje, manchado de barro y cansado, por tener que pisar las huellas de las carreteras en el mal clima que azotaba el condado. El prior no le dio tiempo para refrescarse o limpiarse y en cambio demandó su reporte inmediatamente.

"Padre Prior, como se sospechaba, el campo de los alrededores se inclina hacia Sir Philips, aunque la gente no está directamente relacionada con él."

Los ojos del prior se iluminaron con este último comentario porque él conocía muy bien que el reclamo del priorato era inseguro ya que se basaba en la descendencia indirecta. Despidió a su cansado mensajero, el prior se sentó en contemplación hasta que una línea de pensamiento lo llevó a una conclusión definitiva: el priorato debía evitar un caso en la gran asamblea, seguramente conduciría a una costosa derrota en esta situación.

Con esto en mente, él envió un mensajero a Lincoln con instrucciones de ser lo más discreto posible. El receptor era un caballero conocido por sus habilidades en el combate uno a uno. Al escuchar con atención, Jake se dio cuenta que estaba en presencia del Prior de Warwick. El recordaba haber leído acerca de esta disputa y su resultado. En este caso, de algún modo, él había viajado adelante en el tiempo, no 1500 años, sino solo 650 más o menos- excepto, que en realidad no lo había hecho. Todavía estaba en 2020 pero de alguna manera fue testigo de los eventos de siglos antes por retrocognición. No tenía idea de cómo funcionaba. Sólo esperaba no permanecer congelado en el tiempo en la Edad Media, ¡y nunca volver a ver a Heather de nuevo! Él observaba cuando el prior dio las instrucciones de último minuto a su mensajero.

"Mi prior desea que usted defienda el priorato en un duelo contra Sir Philip de Beaumont," dijo el monje en voz baja, sus ojos se movían con cautela sobre las figuras de los que pasaban para asegurarse que no estaban interesados en un monje y un caballero disertando allí en la sombra de la gran catedral. "La oferta es de diez marcos a la aceptación y veinte después del duelo. Yo tengo la primera suma en mi persona. Deme su asentimiento y es suya, Sir Edward."

Cualquier excusa para una pelea decente atraía a los fanfarrones, jóvenes sin tierra hijos de noble linaje. Estaba acostumbrado a probabilidades mucho peores que un combate individual. La guerra real nada no tenía nada que ver con la paridad de armas. Resolvió fortalecido por este pensamiento, incluso no sabiendo nada de la destreza de este Sir Philip, aceptó con un entusiasmo que sorprendió al monje. Éste último cumplida su misión, se apresuró a regresar a su monasterio, donde el prior lo recibió con una alabanza afable, y la presencia de Jake sin que él lo supiera, escuchaba con el intruso invisible la explicación.

————

Para validar la apuesta del duelo, el prior había depositado un registro escrito y había notificado a Sir Philip. Él había calculado que un hombre que había hecho su fortuna personal a través de la fuerza de sus armas no dudaría en recoger el guante. Jake sonrió porque él sabía algo que el prior no: lo que no había considerado, porque su vida monástica protegida lo mantenía lejos de los asuntos mundanos, era la motivación del caballero para aceptar. Otro hombre, seguro de ganar la discusión en la corte, podría haber rehusado el desafío, pero Sir Philip tenía razones para dudar de la formalidad de la victoria.

Dos años antes, él había sido arrestado en un caso de falsificación de registros en un caso que involucraba tierras en Gloucestershire. Junto con otros caballeros del condado y el demandante, Sir William de Eston, su corrupción había sido expuesta y el juicio anulado. Su rol relativamente menor en la falsificación significaba que ahora era un hombre libre, pero su estatus legal había sido comprometido. Con esto en mente, Sir Philip aceptó el desafío, convencido que tenía poco que temer del campeón de un priorato menor. Nadie, juró, le quitaría las tierras que tanto le había costado ganar.

La engorrosa maquinaria legal chirrió y, eventualmente, el acta depositada de la apuesta llegó a London, tras lo cual se decidió en Westminster que el combate tuviera lugar allí. El Prior, como demandante estaba obligado a asistir y viajó allí desde Warwick.

Invisible para la partida viajera, Jake viajaba con ellos; mientras tanto, Sir Edward era convocado desde Lincoln y Sir Philip desde Warwickshire.

En una reunión para decidir la fecha y manera del duelo, Sir Philip prevaleció excluyendo las justas. Sus espías le habían informado de la predilección de Sir Edward por la lanza, y él, por lo tanto, insistió en el combate a pie. El descaro arrogante de su oponente jugaba en sus manos; no se podía escuchar al orgulloso hombre de Lincoln expresando una preferencia, ya que, al escucharlo, no tenía rival en ninguna forma de lucha.

En la mañana del duelo, en frente de una pequeña asamblea de espectadores, compuesto en gran parte por miembros del tribunal, parecía que los alardes de Sir Edward estaban bien fundados como su vigor juvenil conduciendo a su oponente a la defensiva. Los fuertes golpes de su masa habían abollado la armadura de Sir Philip en algunas partes y el caballero de Warwickshire, ante los jadeos del grupo de observadores, había sido visto tambaleándose más de una vez. Lo que no sabían era que bajo el yelmo con cresta trabajaba una mente calculadora.

Sir Philip, experimentado en combate, era un actor consumado. Inculcando en su arrogante oponente un falso sentido de superioridad, su estratagema fue diseñada para atraerlo a gastar más energía de la que era sabio. Sir Philip sabía cómo soportar su tiempo, aunque tuvo que admitir que este último golpe realmente había hecho que la cabeza le diera vueltas y agotó un poco sus fuerzas. Incluso Jake, con el beneficio de conocer el resultado fue engañado.

Con cautela, el caballero rodeó a su adversario y, por primera vez dio un golpe estremecedor a la armadura del otro hombre. La risa burlona desde debajo de la visera frente a él fue diseñada para enfurecer a Sir Philip, pero él no era un novato; en cambio, fingió un ataque furioso, solo para levantarse y girar, dejando a su oponente fuera de equilibrio y confundido. En un instante, Sir Philip asestó un poderoso golpe centrado en la parte trasera del yelmo y arrojando a Sir Edward boca abajo en el suelo. Sin piedad, Sir Philip tomó la ventaja, descargando una lluvia de poderosos golpes en la cabeza con casco hasta que no hubo ningún sonido ni movimiento le dijo que cesara ahora su victoria era indisputable.

El prior, consternado para admitir la derrota – *ante la voluntad de Dios* – firmó un documento renunciando a todos los reclamos de las dos vírgenes en Pillerton. Si la derrota fue la voluntad de Dios o los benignos efectos contrarios de la maldición del Caballo Rojo no fue tomado en cuenta ese día en Westminster. Cualquiera sea el caso, Sir Philip prosperó hasta una edad avanzada y, por un amor desinteresado por la tradición, se aseguró concienzudamente de la limpieza regular del caballo mientras vivió.

OCHO

Towton, Yorkshire, Domingo de Ramos, 1461 AD

JAKE, REGRESÓ AL PRIORATO, SENTADO EN EL CLAUSTRO Y, tomando ventaja de los alrededores apacibles, reflexionó en que había conocido el Valle del Caballo Rojo. Se recostó con un suspiro de satisfacción para reflexionar sobre la Edad Media, donde ahora se encontraba. Recordó como la Guerra de las Rosas afectó el destino de aquellos en el Valle. Cómo él lo hizo, la sensación ahora familiar lo envolvió en otra dislocación. Esta vez a una batalla sangrienta, donde reconoció el estandarte del Conde de Warwick. Jake se estaba acostumbrando a frecuentar lugares de violencia histórica.

———

RICHARD NEVILLE HABÍA NACIDO el 22 de noviembre de 1428, hijo del Conde de Salisbury. A la edad de seis, fue comprometido con Lady Anne Beauchamp, hija de Richard de

Beauchamp 13° Conde de Warwick, y de su esposa Isabel Despenser. Esto lo convirtió en heredero no solo del condado de Salisbury, sino también de una parte substancial de Montague, Beauchamp y Despenser.

Sin embargo, las circunstancias, incrementarían su fortuna aún más. Henry hijo de Beauchamp, quien se había casado con su hermana Cecily, murió en 1446. Cuando la hija de Henry, Anne murió en 1449, también se encontró a sí mismo, *jure uxoris,* Conde de Warwick.

Muchos lo veían como egocéntrico y temerario, y lo consideraban como víctima de un rey ingrato. La mayoría estaría de acuerdo, sin embargo, en que gozó de gran popularidad en todos los niveles de la sociedad, y que era hábil para apelar a los sentimientos populares para buscar el apoyo político.

Eso era lo que lo había llevado al campo de batalla ese día. Aquí están los eventos tal como los recordaba, permitiendo la terrible confusión de la batalla. Primero, es necesario para comprender por qué estaban allí en ese campo empapado de sangre.

El Rey Henry, el sexto de este nombre, fue un hombre pacífico y piadoso, no se adaptaba a la violenta guerra civil que comenzaba a librarse. Tuvo períodos de locura mientras su benevolencia inherente requería su esposa, Margaret de Anjou, para asumir el control de su reinado. Su gobierno ineficaz animó a los nobles- incluido Warwick – para establecer el control sobre él. Fue inevitable que la situación se deteriorara y los trajera a este día del recuento: guerra entre los seguidores de Margaret y aquellos que incluían a Warwick, de Richard, Duque de York.

Él y sus amigos encontraron lo encontraron en un momento desafiante de oportunidad. Ellos capturaron al Rey en 1460, y el parlamento aprobó un Acta de Acuerdo para dejar a York y su línea sucedieran a Henry como rey. Margaret se rehusó a aceptar el despojo del derecho de su hijo al trono y, junto con otros descontentos de Lancaster, formó un ejército. Lamentablemente, Richard de York fue asesinado en la Batalla de Wakefield y sus títulos incluyendo el reclamo al trono, pasaron a su hermano mayor Edward.

Los nobles que previamente estaban indecisos de apoyar el reclamo de Richard al trono consideraron que los Lancastarianos habían renegado de una Ley- un acuerdo legal- y Edward encontró suficiente respaldo para denunciar a Henry y declararse rey él mismo. La batalla ese día en Towton afirmó los derechos del vencedor para gobernar sobre Inglaterra a través de la fuerza de las armas. Y este es el relato de los eventos históricos que Jake presenció, habiendo elegido un lugar no muy lejos del Conde de Warwick. A estas alturas sabía que, en estas ocasiones, no podía ser visto por los participantes y este conocimiento le dio valor para permanecer en el campo de batalla.

La decisión de Somerset de enfrentarse al ejército enemigo fue escuchada. Los Lancastarianos se desplegaron en el lado norte del valle, usándolo como una *zanja protectora*; pero no podían ver más allá del extremo sur del valle. Sus flancos estaban protegidos por marismas; sus derechos estaban asegurados por las empinadas orillas del Cock Beck.

Los Yorkistas aparecieron. Fila tras fila de soldados coronaban la cresta sur del valle. Hacía mal tiempo, fuera de temporada, ese Domingo de Ramos, pero era ventajoso para los de York. Como Somerset se contentó con pararse y dejar que sus enemigos vinieran a él, ellos hicieron el primer movimiento de la batalla. El tío de Warwick, Fauconberg, ordenó todos sus arqueros dar un paso adelante y desatar una andanada de flechas desde el rango máximo estándar de sus largos arcos. Con el viento detrás de ellos, sus misiles se hundieron profundamente en las masas de soldados en la ladera de la colina.

La respuesta de sus arqueros fue inefectiva porque el fuerte viento soplaba nieve en sus caras. Ellos encontraban difícil juzgar el rango, y sus flechas, para alivio de Jake, cayeron cortas en las líneas de los de York; Fauconberg ordenó a los Yorkistas retirarse evitando así las bajas. Los Lancastrianos perdieron sus flechas, dejando una gruesa y espinosa alfombra frente a ellos.

Fauconberg ordenó a sus arqueros dar un paso adelante nuevamente para disparar. Cuando habían agotado sus municiones, arrancaron las flechas del suelo y continuaron arrojando. Sin ninguna respuesta efectiva propia, el ejército de Lancaster se movió para enfrentarlos en combate cuerpo a cuerpo. Viendo el avance de los hombres, los arqueros de York dispararon más andanadas antes de retirarse detrás de sus hombres de armas, dejando miles de flechas en el terreno para obstaculizar el ataque de Lancaster. Pero a medida que los de York se reformaron, su flanco izquierdo cayó bajo ataque por los jinetes escondidos en el Castillo Hill Wood.

El combate cuerpo a cuerpo los cansó, y se veía como si hubieran perdido el día.

Fue en el momento en que las cosas parecían más sombrías que se le ocurrió una idea a Warwick. Él saltó de su caballo y blandiendo su espada, la hundió en la garganta de la bestia, gritando, "Dejen que vuele el que quiera, porque seguramente yo me quedaré con el que se quede conmigo." ¡Qué bien conocía el temple de sus hombres! Estaba seguro que el desafío sería aceptado- y así fue, volteando la batalla a favor de los de York. Nunca se había visto en estas Islas tan sangriento asunto. Jake estaba asqueado por el frenesí primitivo que hacía que los hombres se cortaran miembro a miembro y agradecía al destino que vivía en un tiempo más civilizado. La lucha continuó por tres horas o más, y no se decidió hasta que llegaron los hombres de Norfolk. Marchando por el Old London Road, el contingente de Norfolk estaba escondido hasta que coronaron la cresta y a tacaron a los de Lancaster en su flanco izquierdo. Para el final del día, las líneas del enemigo estaban rotas, y los hombres huían por sus vidas, arrojando sus yelmos y armaduras para correr más rápido.

Pero los hombres de Norfolk estaban frescos y más rápidos. Los enemigos fueron derribados por la espalda o asesinados después de rendirse. Los de Lancaster perdieron más tropas en la ruta que en la batalla. Los hombres que luchaban por cruzar el río fueron arrastrados por las corrientes y se ahogaron. Aquellos que se tambaleaban fueron pisoteados y empujados debajo del agua por sus camaradas detrás de ellos mientras se apresuraban para escapar. Mientras los de Lancaster luchaban por cruzar el río, los arqueros de York cabalgaron hasta los puntos elevados y les dispararon flechas. Los muertos comenzaron a apilarse, y los de Lancaster eventualmente huían a través de puentes de cuerpos. La persecución continuó hacia el norte a través del Río Wharfe, que era más largo que Cock Beck. Un puente colapsó y muchos se ahogaron intentando cruzar. Aquellos que se escondieron en Tadcaster y York fueron cazados. Entonces, la victoria de los de York sobre aquellos dos días fue completa, y existía la perspectiva que el buen Rey Edward gobernara como el cuarto con este nombre. Jake esperaba fervientemente que su maldita retrocognición no lo obligara a ver nada más espantoso otra vez. Él forzó todos sus pensamientos acerca de la Primera Guerra Mundial fuera de su cabeza; ¡Ciertamente no quería encontrarse en Flanders bajo los incompetentes generales aliados! Eso seguramente habría superado incluso este maldito día por lo espantoso, no es que tuviera algo que ver con el Valle del Caballo Rojo, ¿O no?

———

Unos meses después, el Conde de Warwick retornaba a casa, con un seguidor invisible a remolque, y su situación personal nunca había sido mejor. Bendijo al Destino que había llevado a tan gloriosa victoria y un repunte en sus fortunas. La pérdida de su corcel favorito en la batalla, su vida terminada por un impulso que resultó ser tan determinante, atormentó su mente hasta el punto que confió su disgusto a uno de criados, un hombre de estirpe local.

"Bueno, Lord," dijo el mayordomo, "podría hacer algo mejor que conmemorar a la hermosa criatura restaurando la antigua gloria del Caballo Rojo." Jake se sobresaltó y se inclinó hacia adelante ansioso por escuchar más.

El Conde, que nunca había escuchado o ni siquiera sospechado la existencia del Caballo Rojo, de inmediato se volvió curioso.

"¿A qué Caballo Rojo te refieres, hombre?"

Siguió una larga explicación, y el Conde tomó una decisión. La figura en cuestión, a menudo descuidada, tenía que ser restaurada limpiando cuidadosamente la tierra. Esto debía ser hecho con la suficiente ceremonia y espectáculo cada Domingo de Ramos – para conmemorar el día de la batalla y muerte de su corcel. Para este propósito, el Conde estableció un fondo para la limpieza anual. Entonces Jake se dio cuenta, con emoción que había una verdad parcial en la leyenda de Warwick creando el caballo. Tan pronto como el Conde lo hizo así, sus circunstancias personales experimentaron una notable mejora. Después del advenimiento de Edward IV, su posición fue más fuerte que antes. Ahora había tenido éxito en las posesiones de su padre, y en 1462 también heredó las tierras de su madre y el título de Salisbury. Todo esto le daba un ingreso anual por sus tierras de más de 7.000 libras más que cualquier otro hombre en el reino excepto el rey. Edward confirmó la posición de Warwick como Capitán de Calais y lo hizo Alto

Almirante de Inglaterra y Administrador del Ducado de Lancaster, junto con otras varias oficinas. También recibió partes de las propiedades de Northumberland y Clifford.

———

Sin saberlo Warwick, tuvo lugar una conversación en la primera de las celebraciones anuales entre el sheriff del condado y una anciana mujer, conocida como *la mujer sabia de Pillerton*. No todos estaban convencidos de su sabiduría: los más benevolentes la consideraban una sanadora, entendida en el conocimiento de hierbas y curas; otros sostenían que ella era una bruja y una pagana. El sheriff, afortunadamente pertenecía al grupo anterior, porque la anciana mujer habló en estos términos: "El Conde quiere que ustedes crean que el Caballo Rojo," ella apuntó arriba a la imagen recién limpiada y reluciente en el lado de la escarpada, "se renueva gracias a la muerte de su caballo en batalla. Lo que no sabe, Sheriff, es que él sacrificó su caballo, ay, de hecho, pero este acto les agradó a los viejos dioses, especialmente Tiw, que le dio la victoria a los de York a cambio. Ahora, ¡ay de aquellos que no respetan a los viejos dioses!" Su carcajada no dejó al sheriff ninguna duda que la vieja era más que un poco loca.

Siguieron nueve años de gobierno feliz y estable del Rey Edward en el cual Warwaicj prosperó, pero al final del noveno año él pasó por alto un detalle importante: no renovó los fondos para la limpieza anual del Caballo Rojo, sin el cual las malezas y pastos invasores reclamaban la tierra, borrando la figura equina en la ladera. Fue un descuido desafortunado porque el reinado de Edward fue interrumpido en 1470 cuando su relación con Warwick se deterioró tanto que el conde desertó a los Lancaster y forzó a Edward a huir de Inglaterra, devolviendo a Henry al trono. La interrupción del gobierno de los de York fue breve, cuando Edward recuperó su trono después de derrotar a Warwick y sus fuerzas de Lancasterianos en la Batalla de Barnet en 1471. La niebla y poca visibilidad en el campo llevó a la confusión, y el ejército de Lancaster terminó atacando a sus propios hombres. Encarando la derrota, Warwick intentó escapar del campo, pero fue derribado de su caballo y asesinado. ¿Había vuelto a golpear la maldición del Caballo Rojo?

NUEVE

Bandury, 2020

CUANDO JAKE, PARA SU ALIVIO, SE ENCONTRÓ A SI MISMO seguramente escondido en su sillón, Heather sentada en frente, con la nariz enterrada en un libro. Descubrió que después de todas las aventuras que había presenciado extendiéndose sobre días si no semanas, el tiempo no había pasado en el regreso a casa. Él chequeó la fecha y la hora y calculó que había estado afuera ¡por menos de una hora! Si hubiera estado lejos, Heather no pareció sorprenderse por su reaparición. Ella levantó la vista y sonrió. "Estarás interesado en esto. Hubo un poeta contemporáneo de Shakespeare, parece que escribió acerca del Caballo Rojo. Mira aquí," ella le pasó el libro, y cuando el leía, su cabeza comenzó a seguir. El agarró el libro hasta que sus nudillos se pusieron blancos y pensó frenéticamente. *¡Oh, no! ¡Está pasando de nuevo! ¿Por qué no puedo ser como las otras personas?*

Fleet Street, London, 1631 AD

Michael Drayton estaba sentado encorvado en una silla al lado del fuego. Su complexión malsana del color del pergamino antiguo. A partir de ahí escudriñó el rostro aún hermoso de su visitante de mediana edad, sentado en otra silla a una distancia menos que prudente de los troncos en llamas. Jake estaba sentado en otra silla, pero cuando él aclaró su garganta y limpió sus manos, ninguno lo reconoció. Una vez más, era un observador privilegiado e invisible. Ambos estaban vestidos con sobrios vestidos negros, pero la gorguera de encaje en la garganta del hombre más joven era más elaborada, más extravagante.

"Es bueno para ti encontrar el tiempo en medio de tus tribulaciones para visitar a un amigo moribundo, John." John Selden, poeta, anticuario, político y convicto liberado recientemente, se sobresaltó y consideró el rostro enfermizo de su viejo amigo y en un tiempo colaborador.

"¿Qué charla es esta, Michael? Tienes muchos años productivos por delante."

"Las meras palabras no tienen sentido frente al inexorable destino, John. Como dijo tan notablemente nuestro amigo Will, estoy a punto de 'alejarme de esta espiral mortal'" Jake sonrió, conocía a Shakespeare bien y reconoció la famosa expresión del soliloquio de Hamlet.

El hombre más joven atribuyó lo que suponía una melancolía sin sentido a la temporada de frio, cuyo viento aun flagelaba las calles de la capital y sacudía las ventanas de Drayton. No hizo otros comentarios, pero su anfitrión no estaba de humor para dejar caer el asunto.

"Debo contarte mis desgracias y testear tu paciencia, John, porque tengo que desahogar mi alma y no hay nadie más apto para prestar oído comprensivo. He identificado un momento definido como la causa de mis males y de aquellos, tú mismo incluido, suficientemente desafortunados para frecuentarme."

"¿Qué sinsentido es este? Debo argumentar que me he beneficiado mucho de nuestro conocimiento."

"¿Estoy mal informado? ¿No estuviste encarcelado en la Torre hace manos de un año?"

John Selden miró, perplejo, a su desilusionado amigo. "¿Seguro que no te atribuirás ningún mérito por esto? Tu sabes cómo provoqué indignación en la Iglesia con mi volumen, *La Historia de Tithes*. Tenemos a un rey escocés con un temperamento irrazonable..."

"No seas apresurado y escúchame. Como sabes, yo tuve mis momentos de fama y éxito, sobre todo a finales del siglo pasado cuando disfruté del patrocinio de los Sidney y luego de Lucy, Condesa de Bedford. Pero entonces vino el *momento maldito* y desde entonces todo se derrumbó bajo mis pies, como los de un hombre traicionado por un pedregal en una pendiente empinada."

"No sé nada de ese evento diabólico, Michael, pero, seguramente, ¿no exageras?"

"Yo no. ¡Ten paciencia! Sólo piensa en esto: nosotros nos encontramos con Will Shakespeare y Ben Jonson en Stratford para celebrar la publicación del *Folio* de Will. Él bebió demasiado, cogió un resfriado y murió a partir de entonces... ¡silencio! Porque no he terminado, John Reynolds escribió palabras amables sobre mi *Agincourt*, a los pocos días fue encarcelado; volví mi mano a la dramaturgia y me llamaron al Banco del Rey por unas facturas impagas y fui forzado a hundirme." John Selden abrió su boca para desafiar esta deriva, pero una imperiosa mano levantada y una mirada de acero del semblante enfermo detuvieron su lengua. "He escrito mis sonetos *Ideas Mirrour* por amor a Anne Goodere, pero ¿ella devolvió mi amor? ¡Ella no lo hizo! Qué romance me busqué, solo trajo problemas y desgracia, recuerdas, John, me llevaron a juicio en el '27 con un cargo de *incontinencia* con una mujer en una casa de huéspedes- me exculparon, pero como tú conoces bien, mala reputación. La Reina Elizabeth de bendita memoria murió y ¡Ay, el tonto escocés tomó el trono! Mi patrona me dejó como lo había hecho con el Conde de Bedford, quien se rebeló con Essex, y quien, en consecuencia, perdió la cabeza." John Selden ya no pudo contenerse, "Pero son simplemente asuntos de estado. Ambos nos hemos visto atrapados en estos asuntos, ya que nuestras opiniones son similares."

"¡Exactamente!" Hubo lo que John consideró un destello loco en los ojos de su amigo, y él fue perdiendo su paciencia rápidamente con sus desvaríos decepcionantes. Jake también. Pero sus palabras siguientes sofocaron cualquier objeción de inmediato.

"Entonces estas fueron las circunstancias de lo que debió haber sido mi obra maestra, *Poly-Olbion,* dedicada, como tú sabes, ya que colaboraste en ella, a mi patrón, el difunto príncipe Henry. Tan pronto publiqué la primera parte y pagué por un elaborado grabado en su honor como frontispicio, ¡él murió! Las críticas se volvieron contra mí. Considerándolo engorroso, detallado ejemplo de mala poesía."

"¿Y ellos que saben? La posteridad juzgará tu trabajo con amabilidad, Michael, sé que esto es cierto."

"Te agradezco, pero los hechos permaneces, ellos aclamaron mis hexámeros como anacrónicos, y el poema fue ridiculizado como nada más que un largo diccionario geográfico de los condados ingleses. Ellos no vieron la grandeza en el o entender que los narradores fueron los rasgos del paisaje, especialmente los ríos. Por desgracia, ¡debía haberme deshecho por una característica en mi propio condado de Warwick! Esta obra arruinó mi reputación y mi bolsa; no obstante, he terminado la tercera parte."

John Selden miró con admiración y no poca cantidad de intriga a su compañero poeta y recordaba bien la prosa erudita que él, como estimado anticuario, había contribuido al final de cada canto. Pero se devanó los sesos pensando lo más que pudo, pero ni por su vida, concibió nada en la Canción XIII que pudiera remotamente haber contribuido a los infortunios de Michael. Estaba pensando frenéticamente en eso cuando su amigo comenzó a recitar el trabajo que instantáneamente despertó el interés de Jake:

Mi Caballo Rojo por todos condenados solo mentoras
La culpa no es mía, sino del tiempo miserable:
Sobre quien, por una buena causa, bien puedo depositar
*   el crimen:*
Que, como todas las cosas nobles, así que me descuida...

"¿No me digas que tu sostienes que el *evento maldito* involucra al Caballo Rojo?" La cara de Drayton se retorció y Selden, temiendo un ataque, medio saltó de su silla para sentarse de nuevo cuando el poeta se recompuso y habló con bastante lucidez. "De hecho lo hago. En mis viajes de investigación para el poema, en el año 1598, vine para el Valle del Caballo Rojo y paré en una posada debajo del caballo abandonado. Digo abandonado porque el sinvergüenza del posadero me importunó por dinero. El pícaro me dijo que a su posada le estaba yendo mal porque el caballo no había sido limpiado por años y él no podía afrontar los pagos de los salarios de los labradores para completar la tarea. En su opinión, una vez limpiado, podría celebrarse una celebración como antaño, que atraería visitantes y sus monedas para todos sobre la tierra." Jake se sentó adelante en el extremo de su asiento y esperó ansiosamente por las siguientes palabras, "Naturalmente, como no podía permitirme el gasto, me negué. A lo que, el villano me amenazó. Él me había hecho creer que se lanzó una maldición sobre quien se negara a la tarea de fregado. ¡Cómo desearía no haberme reído en su rostro desfavorecido!"

Exasperado, Selden le espetó a su amigo, "No puedes hablar en serio, Michael. ¡Sandeces! ¿Cómo puedes darle entidad a una supuesta entidad de esta naturaleza? Seguramente es una superstición odiosa."

"Y todavía," dijo el poeta enfermo, "el tipo insistió en que era más que una leyenda que databa de los tiempos de los paganos sajones."

Jake sonrió, seguro en el conocimiento, pero la reacción de Selden fue muy diferente.

"¡Disparate!"

"Entonces escucha el resto. En unos meses el posadero fue declarado en bancarrota y el pobre hombre se colgó en una celda. Cómo desearía haber escuchado su súplica, porque desde ese día mi propia fortuna ha ido declinando, y como te digo, John, te juro que todo mi patrimonio vale solo veinticinco libras."

Selden se levantó, su exasperación rebosaba. "¡He escuchado suficiente de esta basura! Es solo un momento fugaz que yo atribuyo a la depresión causada por una enfermedad estacional. Intenta mantenerte abrigado, mi amigo, un ponche caliente te haría todo el bien del mundo. Llamaré después de Navidad cuando espero encontrarte de un humor más alegre."

El caso fue que, John Selden no retornó a la casa de Drayton en Fleet Street porque pocos días después el 23 de diciembre, el poeta murió.

DIEZ

ASOMBRADO DE HABER PASADO TIEMPO EN LA PRESENCIA de un hombre que había conocido a William Shakespeare personalmente, y un poeta por derecho propio que él, Jake Conley, tenía que admitir que nunca había escuchado, reanudó la lectura con redoblado entusiasmo. El siguiente capítulo en el libro de Heather trataba del siglo XIX, que no parecía tan terriblemente distante. La maldición debe haber perdurado casi hasta los tiempos modernos, supuso. Él miró a su esposa; ella buscaba algo en su tableta que estaba reteniendo su atención. La cabeza de Jake comenzó a dolerle y a girar. La Psicometría estaba ocurriendo de nuevo, ¡cómo deseaba haber mirado hacia ambos lados antes de cruzar el camino delante de ese Jeep!

———

Tysoe, Warwickshire 1802 AD

El Reverendo Francis Mead, el portador de una fina pluma, y particularmente erudito en numismática y estudios Anglo-Sajones, trabajaba como guardián de una biblioteca universitaria y mantenía la vida de un pequeño pueblo en Oxfordshire. Su floreciente reputación como anticuario, en la mente del reverendo caballero, como una delicada planta exótica, tenía una constante necesidad de atención generosa. Con esto en mente, partió a través de la frontera del condado hacia el cercano Warwickshire, intentando adquirir profundos conocimientos de las antigüedades de esta región para que pudiera agregar otro escrito a sus eruditas disquisiciones. Para fomentar el interés emergente, y desarrollar una pasión similar a la suya en las antigüedades, mostrada por su hijo William, por lo que llevó al joven con él.

En la opinión de su padre, William estaba en una edad para tomar una decisión sobre su futuro. Había completado sus estudios de teología y, gracias a las conexiones de Francis, había sido nombrado como cura en lo que no era más que una prebenda, ya que toda la congregación estaba formada por la familia de un noble menor. Mientras su carruaje traqueteaba por el camino rural lleno de baches en busca de una posada adecuada para una parada nocturna, el clérigo mayor, con los ojos cerrados, se entregó a un profundo suspiro mientras contemplaba el futuro del chico – porque así era como todavía pensaba en él. Un tipo fornido de aspecto agradable, William estaba mostrando angustiosos signos de indolencia. Él necesitaba un desafío mental y físico si no quería desperdiciar su futuro en la ociosidad.

El clérigo fue sacudido, literalmente, fuera de su ensueño, cuando con el rugido de "¡Whoa!" el cochero tiró bruscamente de sus caballos para detenerlos frente a un gran edificio al lado de la carretera, exactamente frente al cual Jake se encontró dislocado.

"La Posada del Sol Naciente, le rugo me perdone, Reverendo," su conductor sonrió a través de la ventana bajada por el clérigo inquisitivo. "Como se acerca la noche, pensé que era mejor hacer una parada aquí por la noche."

"Muy bien, buen compañero. Baja nuestro equipaje, ¿quieres?"

Los dos pasajeros se apearon y se dirigieron a la acogedora calidez de la hostería donde un hombre de aspecto hosco los miró con recelo.

"Ah, caballeros de la iglesia veo delante de mí. Estarían buscando habitaciones o comida, ¿o ambos?"

"Ambos" respondió Mead Senior, "y un poco de conocimiento local no estaría mal."

"Conocimiento local, ¿no? Bueno, no se mucho porque vengo de London, no soy nacido aquí y criado si me entienden. Y no tengo mucho tiempo para los eclesiásticos y todo eso."

"¡Cuide su lengua, hombre! Usted está tratando con personas con cierta posición en la sociedad, y dado que esta área está en manos del Conde de Northampton, estoy seguro que no querrá cruzarlo, ¿verdad?"

"No tengo mucho tiempo para conde, tampoco si se trata de eso...*sir*." Le agregó a la última palabra un toque de deferencia diseñado para aplacar al clérigo. No fue así, porque el clérigo había desarrollado una tez apopléjica.

"¡El pícaro es un Jacobino!" le siseó a su hijo, parado a su lado.

Pero el joven apenas había seguido el intercambio, toda su atención estaba dedicada al intercambio de sonrisas y miradas con una joven mujer excepcionalmente atractiva, la hija del dueño, de pie en la puerta que llevaba al salón de los visitantes.

"Tranquilo, padre. No podemos vivir en el pasado y los tiempos están cambiando." Él tenía motivos para quedarse. A toda costa, habiendo visto la deliciosa visión al otro lado de la habitación, ellos debían tener habitaciones en esta taberna. Acostumbrada a los ocasionales arrebatos de ira de su antepasado, también había aprendido a calmarlo.

"Apuesto a que este buen hombre tiene una cerveza decente y es capaz de calmar las punzadas del hambre que inducen a los hombres a excesos de vejación."

"Oh, de hecho, joven sir. La mejor cerveza de esta parte del mundo. Permítame sacar un par de jarros, porque deben estar cansados de viajar."

El Mead mayor visiblemente relajado. Cualquiera que lo conociera sabría que la forma de congraciarse con él era a través del estómago, como lo indicaba su amplia cintura. Sentándose en la mesa, abrigado por un crepitante fuego, el Reverendo Francis suavizado. "Cuando yo le pregunté por sus conocimientos locales, yo me refería a las antigüedades en el área, hombre."

"Ah, bien ahora, usted está sentado justo debajo de una – aunque es un maldito... ruego su perdón, Reverendo – una molestia."

"¿A qué diablos te refieres?"

"*Demonios,* es lo correcto," el tipo se rió, dibujando un ceño fruncido, del clérigo, "Me refiero al sang... quiero decir al Caballo Rojo. Le pregunto sir, ¿es correcto que un hombre ocupado como su humilde servidor esté obligado por el conde a gastar su tiempo y dinero fregando la tierra cada bendito Domingo de Ramos?" Jake había esperado esto en algún punto, pero estaba tan interesado como siempre. Su visita retrocognitiva al pasado siempre involucraba al Caballo Rojo.

"¿Fregando la tierra? Explíquese."

"Es como esto, sir, en la escarpada encima de la posada y tallado en el césped está el semblante de un caballo. Algunos dicen que es tan antiguo como la colina en sí, pero no lo creo. En cualquier caso, ¿por qué debe un pobre hombre como yo estar obligado por su alto y poderoso señor a gastar mi tiempo cada año en esas tonterías? ¡No es mejor que feudal! Un día cada hombre tendrá el derecho de votar, entonces veremos ¡quién es amo y señor! En London teníamos reuniones de nuestra Sociedad Correspondiente – una sociedad pacífica y respetuosa de la ley era, sir. Esto es hasta que el mald- gobierno intervino para prohibirlo. ¿Y para qué? ¿Un hombre no tiene derecho a su opinión?"

"No queremos que nuestro país sea desgarrado por revolucionarios como lo que está sucediendo en el Canal." El reverendo golpeó duro con un puño en la mesa.

"No estamos de acuerdo con eso, sir. Yo mismo, no puedo soportar a los franceses. Pero estoy a favor de una sociedad más justa y mejor, como dice Thomas Paine."

"¿Has leído su libro? ¡Sedicioso disparates! Pero no peleemos," dijo el clérigo, quien estaba ansioso de aprender más acerca de las antigüedades. En lo que a él respectaba Rey y país estaban bien exactamente como estaban. "Cuéntame más acerca de ese caballo rojo tuyo."

"No lo sé correctamente, sir. Nuestra Peggy podría ser capaz de ayudarlo allí. Ella está interesada en esa suerte de cosas por alguna razón, ¡Peggy!" Él gritó su nombre y la joven se apresuró a su lado.

"Escucha, Peggy, los caballeros están preguntando por el mald- *bendito* caballo."

"¿Qué caballo, padre?"

"Por qué, ese rojo tallado en la ladera."

"Por favor siente, querida, y díganos todo lo que usted

sabe," dijo William con una lleve reverencia y una atractiva sonrisa.

La joven se sonrojó con placer y se sentó frente al joven clérigo. Cuanto mejor se vería vestido en ropas a la moda, o mejor aún, en un uniforme, pensó ella. Nunca sacó sus ojos de la cara de William, ella lanzó una explicación.

"no hace muchas semanas, en una gacetilla, leí un artículo de un reverendo caballero, cuya opinión erudita es que el Caballo Rojo fue tallado originalmente para marcar el límite entre las tierras de los Celtas, oh querido, ¿pronuncié esto correctamente?" Ella miró ansiosamente a Wiliam.

"Bastante perfecto, señorita. Pero, ¿lees esos diarios eruditos? Eso es bastante notable si puedo decirlo."

"Gracias, sir, paso el tiempo. Puede ser muy aburrido aquí en el campo."

"Bastante, mi querida," dijo el Mead anciano. "Espero que encuentres el tiempo para leer la Biblia también."

"De hecho, lo hago, Reverendo, aun si..." ella se mordió la lengua.

"Tu padre no lo aprueba," terminó él por ella, "pero no importa eso, nos estabas hablando del caballo."

Sus grandes ojos grises volvieron a William quien se había desviado hacia las deliciosas curvas que tiraban de su corpiño de corte bajo, "Si, la frontera entre los Celtas y los Sajones en guerra. Pero no estoy convencida de sus argumentos." Jake sonrió, *¡por supuesto, él estaba en lo cierto!* "Yo creo que el caballo es de una fecha posterior. Acerca de la charla popular de la leyenda del Conde de Warwick, de quien ellos dicen, degolló a su caballo en la batalla para reunir a sus tropas demostrando que estaría a su lado." *Si, to vi eso también,* Jake coincidió en silencio. Ella suspiró graciosamente. "¡Oh, como admiro tal coraje!" ella miró profundamente a los ojos del joven, pero continuó, "Yo tiendo a esta versión porque no puede ser coincidencia que la Batalla de Towton fue en Domingo de Ramos: el mismo día que el caballo es limpiado cada año."

"No deseando ser inmodesto, pero mi conocimiento extensivo de los Anglo-Sajones pueden llevarme a excluir la primera teoría y estar de acuerdo con su intuición. Querida Peggy." Dijo Francis Mead.

¡Culo pomposo! Jake sonrió con desprecio silencioso. Al clérigo le gustaba la atractiva joven de rostro oval tanto como despreciaba a su padre. "Por supuesto, necesito investigar el asunto cuidadosamente antes de comprometerme con una posición."

"Usted es muy bienvenido a leer los pocos diarios acerca del área que he encontrado en Coventry, sir."

"Solo estaremos unos pocos días, Padre, para aprender todo lo que podamos sobre este tema tan interesante."

"¿Pocos días? ¿Por qué no? Seguro que habrá otros temas de interés además del caballo," dijo el Reverendo, con un centelleo en sus ojos, porque no había fallado en notar el interés de su hijo en la doncella.

El Reverendo Mead leyó e hizo copiosas notas en todo el día siguiente, gratamente sorprendido por la calidad de los diarios de Peggy. No visto por nadie, Jake los leyó por encima del hombro del reverendo. Uno en particular, que contenía un tratado sobre el Caballo Rojo en Tysoe, titulado – un poco pretenciosamente, pensó él- *Acta Antiqua Academiae Scientiarum Britanniae,* mereció su atención. Seguramente aquí estaba el tratado del que la joven había hablado. Era un largo artículo planteando la teoría de la imagen del caballo como un marcador de los límites territoriales. Mientras iba leyendo, el reverendo tomaba notas refutando, punto por punto, las declaraciones del autor, para diversión de Jake, pero con respeto por la caligrafía académica del clérigo.

Típico de la naturaleza de su reverendo llamado, Francis Mead en el tercer día de su estadía no se había molestado en salir afuera para mirar al caballo en la escarpada. Por el contrario, William había aprovechado la oferta de la Señorita Peggy Wilkings de acompañarlo ahí. Jake también lo siguió. El desprecio total por las convenciones sociales que dictaba la presencia de un chaperón, el joven clérigo lo atribuyó al jacobismo del padre.

Los pastos y la mala hierba habían reclamado partes del cuerpo y las patas de la bestia, pero en líneas generales era fácilmente discernible también de cerca. "Es muy bueno que usted me haya traído aquí, Miss Wilkins."

"No hay de qué y por favor llámeme Peggy. De todos modos, disfruto su compañía." Inclinó su cabeza e hizo girar su largo cabello oscuro alrededor de un dedo. Su amistad creció a medida que compartían chistes y se contaban sobre sus vidas y familias. Quedó claro que la mujer compartía los ideales revolucionarios de su padre y ella confesó ser una ávida lectora de William Cobbet. Jake aprobó – la muchacha estaba adelantada a su tiempo. Sorprendentemente para William, ella también podía citar pasajes de *Los Derechos del Hombre* de Thomas Paine y en una ocasión fue tan lejos como para decir, "Recuerda mis palabras, William, un día todas las mujeres tendrán el voto – y el mundo será un lugar mejor para ello."

"En cuanto a eso, querida Peggy, tal vez lo hagan, pero francamente dudo que el mundo sea un lugar mejor. La naturaleza ni de hombres ni de mujeres cambiará tengan el voto o no."

Él sintió que la conocía desde siempre, y cuando su padre lo presionó para que siguieran con su viaje, tuvo que ser franco.

"Padre, estoy enamorado de Peggy. Si me veo obligado a abandonarla, perderé la cabeza. Sigue adelante y veremos que sigue."

El reverendo fingió dolor y desgano, pero en realidad,

estaba lleno de alegría. Al fin su hijo había mostrado signos de querer crear un futuro. Entonces, con una fina vena teatral, suspiró profundamente y declaró solemnemente, "Si hay rosas florecerán," lo que William tomó como un asentimiento. bruscamente cambiando de tema, el padre dijo, "He escrito una larga carta al editor de este pretencioso diario denunciando la interpretación del tan pomposo vicario acerca de los orígenes del Caballo Rojo. Estoy bastante satisfecho con mis esfuerzos. Erudito, yo diría que sí, ¡*bastante* erudito!"

Si hubiera sabido a dónde lo llevaría su tratado académico, podría haberlo roto allí en lugar de apretarlo contra el pecho listo para consignarlo al carruaje del correo, cuya llegada esperaban ahora antes de su propia partida. "Me voy a ver el Tithe Barn en Little Middleton," dijo mientras se despedía de su hijo. Sentado atrás en el asiento tapizado de cuero del carruaje, cerró sus ojos y comenzó a soñar despierto con los nietos que siempre había esperado. Ese era un sueño que casi había abandonado cuando William era hijo único porque la amada Agnes de Francis había muerto después de dar a luz. Además, el reverendo casi había perdido la esperanza que su hijo se decidiera a cortejar a una chica adecuada. Él aprobaba a Peggy pero se estremecía al pensar en su padre, un maldito jacobino, que comenzaba a ser parte de la familia. Por otro lado, el propietario de una posada seguramente debe tener los medios suficientes para pagar una dote decente, se consoló a sí mismo.

De vuelta en la Posada del Sol Naciente, las cosas estaban tomando un giro más serio para los jóvenes amantes.

William declaró, "Peggy, no puedo negar mis sentimientos por ti. Déjame decirte de una vez que mis intenciones tanto en palabras como en acciones son honorables. Yo deseo solo conocerte un poco más antes de declararlo a todos."

Este armonioso estado de las cosas continuó por algunos días hasta la infortunada llegada de otro clérigo, un anticuario también, vino para refutar 'la tontería flagrante' del tratado que había aparecido unos pocos días antes de la pluma del Reverendo Francis Mead en el último número del *Acta Antiqua Scientiarum Britanniae*. El Reverendo George Wharton, un digno vicario de Warwickshire, se sintió ofendido que un extranjero de un condado vecino pudiera pontificar acerca de *su* Caballo Rojo e intentaba enmendar las cosas sosteniendo por la fuerza los orígenes sajones.

No fue solo la llegada del clérigo lo que causó que la armonía entre los jóvenes amantes se interrumpiera, sino su hijo, el Capitán Matthew Wharton, del 58° (Rutland) Regimiento de Infantería. Resplandeciente en su uniforme rojo, este joven apuesto, recién salido de los triunfos en Abukir, Alexandría y El Cairo, tenía un cansancio mundial que hizo que el corazón de Peggy se acelerara. En cuanto a su padre, no podía hacer más por el héroe de guerra.

William se vio impotente, hirviendo mientras el oficial cortejaba abiertamente a su chica. Él permitió que esto continuara por varios días antes de tomar el asunto en sus propias manos tan pronto como apareció la ocasión de hablar a solas con el soldado.

"Sir, se da usted cuenta que está comprometiendo el honor de mi prometida, la Señorita Wilkins."

"¡Sandeces, sir! En primer lugar, fui cuidadoso al preguntarle a su padre si la dama estaba comprometida. Me aseguró que no. ¿Qué le dice eso, sir?"

William se sonrojó enojado y se maldijo a si mismo por ser un tonto vacilante. Si hubiera formalizado el compromiso cuando tuvo la oportunidad, no estaría en esta situación.

"Se habla por la Señorita Wilkins. Es solo una cuestión de anuncio formal. Por lo tanto, le pido que desista de sus atenciones, sir."

El soldado, provocado por el tono ácido del clérigo y

despreciando, en general, los jóvenes sanos que ignoraban la llamada de los colores no estaban de humor para echarse atrás. "Ciertamente no lo haré, sir."

"Entonces debemos resolver esto de otra manera."

"¿Me está desafiando a duelo, sir?" dijo el capitán con un destello de satisfacción en sus ojos. William quien nunca había sostenido un arma de fuego, ni siquiera una pieza de caza, mucho menos empuñar un sable, vacilaba. Pero él no era un cobarde.

"*Er,* me tiene en desventaja, sir, desacostumbrado como estoy al uso de armas. Permítale sugerirle que resolvamos el asunto a puñetazos, adhiriendo como caballeros a las Reglas de Broughton.

El Capitán Wharton, quien como muchos jóvenes caballeros se deleitaban en apostar en peleas, aceptó de inmediato. "Escoja a sus segundos, sir. Tendremos que ponernos de acuerdo sobre un referee, y venga conmigo para arreglar que el propietario para que cierren un ring." Con una emoción, el espía invisible, Jake, se dio cuenta que iba a asistir a una pelea de box a la antigua.

Samuel Wilkings, anteriormente un posadero en los barrios bajos de London, no era extraño a tales eventos y sus ojos se iluminaron con codicia ante el pensamiento de los beneficios que la pelea traería a su posada si se publicitaba correctamente. Él no hizo esfuerzos para disuadir a los contendientes por la mano de su hija – por el contrario. Esta era una imperdible oportunidad para explotar. Sin embargo, él empezó con: "No nos apresuremos, caballeros…" pero sin ninguna intención pacífica, meramente para ganar tiempo para hacer arreglos, como pasó a explicar. Carteles, anuncios en las gacetillas locales, la construcción del ring, el establecimiento de casillas de apuestas – todo esto tenía que ser organizado.

William, preocupado acerca de la reacción de Peggy, fue a

verla y no se sorprendió cuando ella lo miró horrorizada. "¡Es una barbarie! ¿Qué te poseyó, William? Podrías resultar gravemente herido."

"Entonces, ¿podría ese bribón con el que has pasado tanto tiempo últimamente?"

"Creo que estás celoso, William Mead."

"Yo conozco mis sentimientos por ti, Peggy. No permitiré que los aplasten porque un uniforme te de vueltas en tu cabeza. ¡Que gane el mejor!" Con eso se fue furioso y no la vio bañar un pañuelo adornado con encaje con un torrente de lágrimas.

Carteles proclamando el combate entre dos caballeros- *El golpeador de la Biblia vs El Sable de cascabel*- mejor conocidos como el Reverendo William Mead vs el Capitán Matthew Wharton aparecían con más detalles en las paredes, árboles y puertas a través del condado. Significaba, como Samuel Wilkins había previsto con avidez, una afluencia masiva de apostadores, muchos de ellos de las clases elegantes de la sociedad, que se mezclaban fácilmente con las clases inferiores en bromas cordiales y generosidad, haciendo apuestas. Algunos creían que un hombre de Dios prevalecería, sostenido por una intervención sobrenatural. Otros consideraban la contienda como una conclusión inevitable – un oficial, un militar, contra un clérigo blando. En esto ellos estuvieron equivocados porque el robusto William había pasado la quincena en preparación, lo que involucraba distancias corriendo, levantamiento de rocas y golpeando un saco de arena suspendido de una viga en un granero. Demasiado seguro, Matthew pasó el tiempo conversando y descansando. Después de los campos de batalla llenos de sangre y humo, la vida en la aldea adormecida de Warwickshire le parecía un paraíso. Él no quería pasar un minuto de relajación pacífica. Despreocupado de los pensamientos de su adversario, los días pasaban en indolencia hasta que llegó la mañana del sábado del fatídico día.

Ambos hombres desnudos hasta la cintura, preparándose para luchar en calzones blancos. William se sintió abrumado por las hordas aullantes que gritaban su nombre y el de su oponente. Habiendo llevado una vida protegida en Oxfordshire, nunca había estado en una pelea de gallos o de perros, y mucho menos en una pelea de premios, y no estaba preparado para una multitud tan estridente que clamaba sangre – su sangre.

Ellos entraron al ring donde el escudero local, árbitro del combate, los llamó al centro del ring. La multitud cayó en silencio, esforzándose por captar las palabras del escudero.

"Conduzcan una pelea justa, caballeros. Sin golpes debajo del cinturón, ni empujones, piquetes de ojos, mordidas, patadas y sin piedras en la mano. ¡Ahora dense la mano y que gane el mejor!

Durante todo el discurso, William era consciente de la mirada inquebrantable del soldado, desafiando, en búsqueda del temor que, en efecto, se apoderó de él. Pero se rehusó a mostrarlo, incluso si se preguntaba, en el nombre de Dios, qué estaba haciendo aquí con todos los ojos puestos en él. Estaba contento que su padre no estuviera allí para mirar este *espectáculo barbárico* como Peggy lo había nombrado. ¡Ay, Peggy! Él hubiera dado hasta la última gota de sangre por ella, y con este pensamiento, saltó hacia adelante cuando un hombre hizo sonar una campanilla para comenzar la pelea. El capitán también se lanzó hacia adelante generosamente y le dio un gancho en el ojo. William, consciente del rugido de la multitud, escaló hacia atrás pero no deseando ser atrapado contra las cuerdas, zigzagueo y evitó los golpes del soldado antes de asestar un golpe en la oreja de Matthew que hizo que se tambaleara y se alejara. Le llegó la voz chillona de un niño. "¡Le ha machacado en la oreja! ¡Adelante, Golpeador!"

Tragando agua entre rounds, su segundo trataba su ojo

dañado, enjuagándolo y untando con grasa la muesca que había aparecido. William saltó de su taburete al oír el sonido de la campana. Matthew lanzó un jab directo, pero William lo paró admirablemente y lanzó un golpe a la nariz del capitán que causó que la sangre goteara sobre su bigote fino como un lápiz. William sonrió cuando escuchó la voz de pito gritar: "¡Le rompió el hocico! ¡Vamos Golpeador de la Biblia!" No ajeno a la adversidad, Matthew redobló sus esfuerzos, y envió un poderoso golpe en el mentón de William estrellándose contra el suelo con gritos de "¡Matón para el chico soldado!" Sobreviviendo a una cuenta de seis William se tambaleó hacia el centro del ring donde, zigzagueando y evitando, llegó la campana. Jake, casi tan atrapado por las payasadas del público como por la batalla en el ring, tenía una pequeña esperanza por el clérigo y le daba lástima que perdiera a la mujer que amaba. Él estaba agradecido que nunca tuvo que pelear para retener a Heather.

Con su cabeza llena de consejos y ahora desconfiando de la formidable mano derecha de su oponente, William sobrevivió los siguientes cuatro rounds. Entre rounds, buscó en vano echar un vistazo a Peggy.

No podía saber que ella se había encerrado en su habitación, donde pasó todo el combate entre lágrimas incontrolables. Ella se culpaba a si misma por la situación ¿Por qué se había sentido tan halagada por las atenciones del capitán? Ella no podía negar que era un tipo guapo, pero William también lo era. ¡Oh, qué confundida estaba! Ella perdería a uno de ellos y cuan miserable sería el perdedor. Ella retorció su pañuelo en sus manos y comenzaba cada vez que escuchaba un fuerte grito. Cómo deseaba ella que ningún hombre fuera herido malamente, pero ella temía lo peor.

En cambio, William vio los rasgos codiciosos de su padre animados por el dinero que estaba acumulando, gracias a la estupidez de William. Si él tuviera al posadero enfrente en el ring, en lugar de su rival en el amor, le daría una buena paliza. La campana sonó para el séptimo round cortando sus pensamientos.

Este round fue un desastre para William desde el comienzo, Matthew se lanzó y dio un fuerte golpe con su mano izquierda en el costado de la cabeza de su adversario, atrapándolo completamente fuera de guardia. "¡Golpéalo de nuevo, Viejo Cascabel!" vino el grito. El soldado obligado con un golpe poderoso a las costillas y otro al estómago. "¡Le pegó en la canasta del pan!" Los gritos estridentes, vítores y aullidos, alcanzaron la fiebre cuando el referee se paró sobre William – nueve – diez – ¡fuera!"

El escudero, elegante en chaleco amarillo y camisa con volados, tomó la cintura de Matthew y levantó su brazo sobre sus cabezas. "¡Yo declaro ganador al Capitán Wharton!"

Desde su ventana, Peggy observaba carruajes, jinetes y personas a pie volviendo al camino en frente de la posada. Se dio cuenta que el ridículo salvajismos había terminado. ¿Pero quién había ganado? En su cabeza confusa, ella se preguntaba si el ganador se convertiría en su esposo. ¿Ella amaba a William? Ella pensaba eso hasta que el Capitán Wharton había aparecido. ¿Ella lo amaba? Apenas lo conocía - ¡oh, ¡qué lío había hecho con las cosas! Lloró de nuevo, pero sobre todo por la frustración ante su estupidez. ¿No se había enorgullecido de su inteligencia y su gracia? ¿Pero qué uso tenían esas virtudes cuando se confrontaban con la cruel realidad?

William recuperó sus sentidos, y él también cavilaba sobre su lote. Él había perdido la pelea y con eso a la chica que amaba. ¡Cómo decepcionaría esto a su padre! En ese instante tomó una seria decisión. Reparando sus facciones, un poco dañadas y poco atractivas, recogió sus pertenencias y dejó la posada sin una palabra de despedida. Orgullo y honor mantenidos; él no podía retornar a la vida tranquila en Oxfordshire. No, el alcanzaría al pueblo más cercano y se enlistaría en la armada de Su Majestad. Él país necesitaba hombres que pelearan, ¿y no había demostrado ser uno? Entonces, fue que William Mead tomó el chelín del rey y se convirtió en guardiamarina. Aprendió rápido, fue un líder natural, y pronto fue elevado al rango de teniente. En 1805 en Trafalgar, se distinguió, y luego de una gloriosa y trágica victoria, fue designado capitán de una fragata, *HMS Eurvalus,* como sucesor del Capitán Blackwood.

Matthew sobrevivió a la guerra de la Península, pasando a través de las batallas sucesivas de Vimiera, Slamanca y Vitoria ileso, y alcanzó el rengo de Mayor, y de licencia, se casó con su querida Peggy.

Como su hijo, George Wharton disfrutó de la victoria sobre un Mead. Su artículo refutando la interpretación de este último ganó el consenso general entre los anticuarios a través de la tierra. Además, cuando el pícaro jacobino de un terrateniente, destinado a convertirse en un miembro de la familia a través del matrimonio, decidió desobedecer la orden del Conde de Northampton de limpiar el caballo, triunfó de nuevo. Su adversario, el Reverendo Mead insinuó que la decisión del sinvergüenza estaba justificada ya que, en su opinión, el Caballo Rojo no era una imagen genuina de la antigüedad, simplemente una invención del siglo XV. Entonces, en nombre de derrocar la opresión feudal, Wilkins se rehusó a la limpieza del caballo, y este desapareció por un año. Esto resultó ser contraproducente porque en ausencia de las celebraciones del Domingo de Ramos, los ingresos del pícaro sufrieron una fuerte caída y pronto lamentó su decisión. El Reverendo Wharton lo persuadió de renovar el Caballo Rojo. Esto hizo el arrendador intrigante, pero más pequeño que el original y en una escarpada cercana a la posada del Sol Naciente – que sirvió más como un anuncio de la posada que como un ícono sajón.

Si el Reverendo Francis Mead hubiera abrazado la idea de

los orígenes sajones del Caballo Rojo, ¿podría su hijo haber ganado la pelea? ¿Podría no haberlo perdido en la marina? ¿Podría haber tenido nietos? Para la paz de la mente del reverendo, era bueno que no supiera nada de la Maldición del Caballo Rojo.

ONCE

Knightcote, Warwickshire, 2020 y 580 AD

ÉL HABÍA REGRESADO POR UN PAR DE DÍAS A SU apartamento de vacaciones, libre de Heather, Jake descansaba en un sillón, y con alguna preocupación sacó el folleto brillante que le había dado la vieja bruja y miró fijamente el contenido. Por suerte, no ocurrió nada con su pobre cabeza. Las letras mayúsculas azules anunciaban:

DIGA NO AL FRACKING EN WARWICKSHIRE

Debajo había una atractiva fotografía del Castillo de Warwick, reflejado en su magnificencia en el Río Avon debajo. Debajo de esto, se leía la redacción: *Vena al gran Mitin Anti Fracking en Warwickshire.*

WARWICK, Sábado 25 de julio. Reunión en Market Hall a las 12:00. Luego caminaremos al Castillo de Warwick para el mitin con discursos a la 1 pm. Debajo de esto, escrito en blanco dentro de un cuadrado de fondo naranja rogaba: *ayude a proteger nuestra salud, agua, campos, clima y miles de trabajos rurales - ¡diga NO al fracking!*

Hacia el final del folleto, en letras azules: *¡Amigable para la familia!* En letras rojas: *¡Todos son bienvenidos!* En verde: *¡Traiga a sus amigos!*

Jake se quedó mirando el folleto sin verlo por algunos minutos, todo el tiempo sintiéndose perturbado e impotente. La desconcertante anciana de ojos penetrantes había establecido de alguna forma una obligación que sentía dentro de él, pero de la que quería deshacerse desesperadamente. ¿Cómo podría *él,* un insignificante novelista, lograr lo que sin duda miles de personas estaban intentando – desafiar a las corporaciones gubernamentales e internacionales? Todo instinto le decía que no se involucrara, y sin embrago, cuando cerró sus ojos, el vio el dedo delgado y sucio apuntándolo - *¡Tú eres el único!* Ella, en cambio, era una vidente del siglo VI.

Él miró el folleto de nuevo. Faltaban tres semanas para el mitin. Él iría allí – claramente *estaba destinado* a ir – y aprender todo lo que necesitaba conocer. Tal vez allí, quedaría claro un curso de acción. Mientras tanto se dio cuenta con un sobresalto, que todavía no había visitado el Valle del Caballo Rojo. Había conducido a través de él, pero no se había detenido a investigar el caballo, que había sido el objetivo de sus vacaciones. Con esto en mente, tomo su guía y giró hacia Kineton, uno de los pueblos locales en el valle. Hojeó la entrada y avanzó un par de páginas hasta que Burton Dassett llamó su atención; no tanto leyendo sobre el lugar en sí mismo, sino de un pozo sagrado. Leyó en voz alta de la guia: *"El pozo, es un poco un enigma. En el pueblo desierto de Burton Dassett, se encuentra la boca de un pozo substancial que se dice que es un Pozo Sagrado, aunque la procedencia no está clara. Burgess (1876), en su Historia de Watwickshire, simplemente notas que dicen que fue usado pata bautismos e inmersión. Whilst Bord and Bord (1985) en Aguas Sagradas declara:*

"El pozo sagrado con su cubierta de piedra será visto en el lado izquierdo del camino al acercarse a la iglesia".

La actual casa de piedra del pozo está construida con piedra arenisca roja alrededor de 1840 en estilo griego. La entrada central está parcialmente por debajo del nivel del suelo con escalones que bajan a una cámara cuadrada. Sobre el dintel de piedra hay una inscripción poco clara con flores talladas. Posiblemente dice 1534. El pozo fue parte de una mejora de la propiedad. ¿Y existía antes? Si dice 1534 que es una fecha temprana para una mejora de la propiedad territorial. Todavía es visitado por simpatizantes ya que se encuentran monedas en sus aguas. Lamentablemente, a pesar de un sustancial suministro de agua, no detuvo la desaparición del pueblo, y ahora solo queda la iglesia sustancial, que es digna de visitar."

Complacido por este descubrimiento, Jake reflexionó sobre él.

Mmmm, más y más interesante. Debo comprobar la ubicación y la fecha de la iglesia.

Los pozos sagrados siempre lo habían intrigado porque él era un creyente firme en las fuerzas de la tierra y líneas ley en sus ubicaciones. Entonces, tomó su mapa de Ordance Survey y descubrió que Burton Dassett estaba a menos de cuatro millas de Kineton a vuelo de cuervo (en línea recta).

¡Expresión estúpida! Nunca vi a un cuervo volar en línea recta.

Revisó la iglesia y el sitio web le dijo: *"Todos los Santos es una muy bella y cautivante iglesia normanda. Totalmente virgen, fue construida en el siglo XII y en 2009 pasó por un enorme proyecto de restauración para preservar y restaurar algunas pinturas murales medievales. Es un lugar muy espiritual y tranquilo, de interés histórico y arquitectónico."*

Jake encontró las pinturas murales irresistible, por lo que había decidido conducir allí en la mañana. Estaba casi por cerrar su guía cuando una entrada debajo de Knightcote capturó su interés. Este pueblo estaba a poco más de una milla de distancia, más cerca del Valle del Caballo Rojo y también contaba con un pozo sagrado. Él leyó:

"*El Stockwell es de naturaleza salina. Actualmente aparece en una cámara cuadrada de aproximadamente tres pies por tres pies con bordes de piedra. Viejas barandillas encierran la fuente y escalones bajan desde el camino. Vale la pena contemplar los pensamientos de Bob Trubshaw en el origen de Stockwell en ingles antiguo stoc significa 'santo' o 'sagrado' siendo aparentemente la misma derivación de stow. Esto le daría al sitio una explicación quizá para la creencia en sus aguas curativas, pero igualmente podría haber derivado del lugar donde se bebió el ganado o aún menos interesante en inglés antiguo stocc se usa para 'primavera por tocones', una descripción que podría describirlo hoy.*"

Jake habría estado interesado de todos modos, porque el inglés antiguo, significaba para él Anglo-Sajón, pero cuando su frente comenzó a palpitar, sabía que no tenía más remedio que tenía que agregar esto a su itinerario. Cuando se levantó en la mañana, Heather estaba perdida en el sueño de los cansados. A pesar de su deseo de hablar con ellos acerca de sus actividades, miró la deliciosa ola de cabello rubio rojizo cruzando su almohada y decidió dejarle una nota. Él necesitaba una salida temprana para visitar la iglesia y los dos pozos, y ella estaba claramente exhausta por el día previo de conferencia.

Él optó por un par de jeans, camiseta, chaqueta de demin y botas. Introdujo una mano en el bolsillo del costado de la chaqueta y encontró un objeto- ah, sí, era la runa que había comprado en Broadway.

Impensadamente, lo empujó hacia atrás, recuperó las llaves

de su auto y partió para explorar la zona rural de Warwickshire. El clima era benigno, ni muy caluroso ni muy frio y así, habiendo encontrado algo de Chopin en la radio, condujo feliz- mente hacia Burton Dassett.

La guía era correcta, la iglesia normanda restaurada en Burton Dassett, se erigía en medio de un repentino tumulto de colinas, bien merecía una visita. Interrumpiendo la tranqui- lidad rural, el tráfico de la M40 pasaba como un trueno mien- tras Jake consideraba las dificultades que habrían pasado los constructores del siglo XIII para orientar la iglesia correcta- mente al este. Ellos habían construido una torre enorme en el lado de la colina mientras el presbiterio estaba enterrado en la ladera. Él miraba desde la ruidosa y agitada autopista hacia la tranquila iglesia atemporal y pensó cuánto silencio se había perdido en nombre del progreso. Con interés, leyó un folleto que informaba que la familia local de Sudeler, prosperó bajo Henry III, se les concedieron los derechos de *Corte, horca, silla de excrementos, picota y jurado*. Jadean do de asombro ante tanto poder y los variados castigos disponibles para tan pode- rosos lords para regular la sociedad en sus días, él admiraba las extensas pinturas murales en el arco del presbiterio, que el folleto decía habían *aparecido gradual y milagrosamente con el tiempo a medida que el blanqueo de la Reforma se desvanecía.* Era difícil de hacerlo, pero Jake pudo descubrir una figura ange- lical arrodillada hacia la derecha del arco, y quizá una figura vestida de azul que eventualmente podría haber sido la Virgen María, pero por el momento era un misterio.

Dejó la Iglesia de Todos los Santos con el espíritu en alto y no podía perderse el pozo santo con su estructura victoriana junto al edificio religioso. Ponderó el hecho que la Reforma tenía mucho de qué responder, habiendo desacreditado la santidad de estos lugares después de siglos de adoradores medievales habían viajado allí llenos de fe en los poderes curativos de la naturaleza. Él rozó la runa en su bolsillo y estuvo agradecido de que ninguna sensación extraña se apoderara de él. Exploró la cámara cuadrada del pozo y como los visitantes antes de él, arrojó una cantidad de pequeñas monedas. No pidió un deseo, porque no se aferraba a estas tonterías, pero si creía en el poder de la tierra que surgió a la superficie en el agua. Era una creencia más antigua que el cristianismo, y él sabía que no era una coincidencia que la iglesia fuera construida en ese lugar en partícular.

Inspirado por el pozo, decidió partir hacia Stockwell en Knightcote. Su mapa mostraba un antiguo carril hundido o camino hueco corriendo de norte a sur desde la casa señorial al manantial de Stockwell. Estuvo tentado de caminar una milla más o menos, pero recordando que el pozo estaba al lado del camino, consultó su mapa y tomó la opción más fácil de conducir hacia allí. En unos pocos minutos, había localizados la barandilla de hierro al costado del camino y bajó los escalones de piedra hasta el agua verde y viscosa del pozo abandonado. Qué triste que se hubiera reducido a un refugio repugnante para la cría de insectos. No había signos del manantial que una vez lo había convertido en una fuente sagrada.

Sin pensarlo, deslizo su mano dentro del bolsillo de su chaqueta y apretó en su puño la runa. Un vértigo atroz hizo que su cabeza diera vueltas, y él temió tambalearse en las profundidades viscosas. No tenía por qué preocuparse porque unas manos fuertes lo arrastraron por la orilla hacia una huella donde un día correría una carretera asfaltada. Detrás de él, un manantial gorgoteaba salpicando agua limpia y fresca en las profundidades de la tierra. Él luchaba por liberarse, pero fue sujetado por dos guerreros sajones cuyas caras enojadas miraban en él. Uno de ellos dijo algo, pero fue incomprensible para él – inglés antiguo.

¡Oh Dios, está pasando de nuevo- retrocognición! ¡estoy de regreso en los tiempos Anglo-Sajones!

Les rogó que lo soltaran, pero ellos eran incapaces de entenderlo. Lo hicieron marchar por el camino hasta que llegaron a una pequeña vivienda. Jake lo estudió con interés. Era poco más que una cabaña en forma de tienda con techo de paja y no podría haber tenido más de una habitación. La paja llegaba hasta el suelo, cubriendo las paredes laterales, desde una viga central en el techo. Un hombre vestido con una túnica con cinturón y polainas emergió de la puerta en respuesta al llamado de uno de los captores de Jake. Fue un rápido intercambio que él no pudo seguir antes que el hombre asintiera y regresara a su casa. Salió sosteniendo una cuerda robusta. Jake entró en pánico y luchó. ¿Quería decir que iban a colgarlo? Había muchas ramas robustas para elegir. Su lucha le valió un puñetazo en el estómago del recién llegado, quien supuso que lo ataría y lo sometería. Se hizo evidente que no querían colgarlo cuando tenía las manos atadas a la espalda y la cuerda pasaba alrededor de su cuerpo para que estuviera atado con una correa como un perro. Uno de ellos tomó el extremo de la cuerda y siguió adelante a lo largo del camino mientras los demás se ubicaron a ambos lados del prisionero y comenzaron a empujarlo adelante.

El efecto del puñetazo había pasado, y como Jake se sentía lo suficientemente bien para marchar, cooperaba. No había punto de resistencia, especialmente ya que los tres tenían largos, cuchillos de aspecto perverso – puñales, se dio cuenta – metidos dentro de sus cinturones.

A cierto punto, miró hacia el lado del valle y comenzó. ¡Allí estaba! La prueba que había estado esperando. Tallado en el lado de la escarpada había un enorme caballo rojo y un poco más arriba, la tosca figura de un hombre.

"¡Tiw!" exclamó sin pensar.

"¡Ay, Tiw!" uno de sus captores le sonrió y lo palmeó en la espalda- el primer gesto no hostil que había recibido de ellos. Incapaz de comunicarse, por lo tanto, incapaz de congraciarse más, cayó una vez más en el silencio, pero la acción amistosa lo animó. Él esperaba fervientemente que todavía podría salir vivo de este predicamento. Llegaron a un pequeño pueblo de seis casas, que Jake erróneamente pensó que sería su destino. En cambio, fue exhibido momentáneamente como una figura de gran curiosidad. Una joven mujer se aproximó a él y sostuvo una pequeña pieza de pan tosco en su boca. Estaba oscuro, casi negro, pero para su gratificación, mordió un trozo y lo masticó contento. Dejó que se mostrara su placer, y ella hizo un gesto de ofrecerle más. Él asintió porque verdaderamente, tenía hambre y el pan estaba delicioso. Un hombre le llevó una botella de cuero y vertió agua en su boca demasiado vigorosamente, tanto que Jake se ahogó y tosió, haciendo que dos pilluelos se rieran señalándolo. Se ganaron un apretón de orejas, pero todo fue de buena manera. Jake sólo podía esperar lo mejor.

Repentinamente, lo levantaron y lo arrojaron en un carro. Era tirado por un buey y era el paseo más incómodo que jamás hubiera experimentado. Parte porque sus brazos estaban atados detrás de él impidiéndole ajustar su posición cuando cayó sobre su espalda simplemente porque el camino estaba tan lleno de baches que lo empujaba siempre contra la madera sura. Sus captores solo sonreían cuando él se quejaba. No parecían sentir la necesidad de almohadones o paja.

Las sombras se alargaron, y Jake de dio cuenta que la noche se estaba acercando. Él calculó que el buey los había acarreado a dos millas por hora. En tal caso, ellos debían haber viajado cerca de catorce millas. ¿Es que esta tortura nunca acabaría? En este tiempo del año, se figuraba, la puesta del sol sería alrededor de las nueve y media – al menos otra hora libre. Su estómago comenzó a quejarse. Normalmente, a esa hora él estría comiendo. Gracias a Dios por el pequeño acto de bondad de la mujer atrás en el pueblo. Él dudaba si ellos viajaran de noche, pero sospechaba que no dormirían al aire libre, no con osos, lobos, trolls y otros monstruos nocturnos que infestan los bosques que tanto temían los Anglo-Sajones.

Nuestro destino debe estar cerca. ¿Seré liberado o será mi fin?

Él tenía razón al suponer que su destino estaba cerca. En los tiempos modernos el habría reconocido el ligar como Long Marston, pero en el 580 AD era un pueblo alrededor del palacio de Stoppa. De hecho, fue liberado allí sin ceremonia, tirado en el suelo entre los gritos de sus captores ante la entrada tallada del gran salón. Los dos guardias estacionados allí se adelantaron, lo pusieron en pie y lo arrastraron bruscamente a través de la puerta hacia el interior donde el humo de las llamas de un fuego central le hizo picar los ojos.

Se detuvieron circunspectos a unos cinco pies de una figura sentada de un hombre imponente con resplandecientes brazaletes de oro y el colgante de marfil del que pendía una cabeza de lobo. Los guardias hablaban excitados, pero el señor de la guerra los silenció levantando una mano, mirando por encima de sus hombros, cuando los captores de Jake entraron al salón. Los duros ojos inquisitivos del cacique se posaron en Jake, quien intentó, pero no pudo encontrar la mirada intimidante. Stoppa resopló y llamó a los recién llegados quienes evidentemente relataron cómo y dónde lo habían encontrado a él. Ellos lo acusaban de espiar o algo porque el señor de la guerra se paró y se aproximó hasta casi una pulgada de la cara de Jake, con un aspecto de ira en su cara. Gritó algo desde tan cerca que el tembloroso novelista tuvo que retirar su cabeza del apestoso aliento. Pero eso sólo provocó que una mano enorme lo sujetara por la nuca y que un puñal se ubicara debajo de su nuez de

Adam. Jake ni siquiera se atrevió a tragar saliva. Estaba seguro que pronto se derramaría su sangre, y todo era un terrible malentendido. Vio la repentina mirada de determinación malvada en la cara del cacique y supo que su tiempo en la tierra había terminado, pero cuando el guerrero retiró el puñal, una voz aguda lo detuvo.

Jake casi se desmaya del alivio, pero antes miró alrededor, sabía por su frente dolorida a quien veía. Ella estaba allí – más de mil cuatrocientos años antes que cuando la había visto en Swan Street – pero en esta ocasión no estaba fuera de lugar o tiempo.

DOCE

Long Marston, 580 AD

Ella se puso de pie, nada más que una bolsa de huesos envuelta sin apretar, para nada intimidada ante la presencia de su cacique. Su dedo delgado apuntó al señor de la guerra. "Tú no le tocarás ni un pelo de la cabeza, Stoppa, no sea que desees que la ira de los dioses caiga sobre nosotros." Ella siguió esto con una horrible carcajada, revelando los agujeros entre sus dientes ennegrecidos. Su dedo giró en redondo para señalar a Jake. "Este no es un enemigo, ni espía, sino el salvador del Valle. Este hombre es enviado por los dioses para derrotar a los violadores de la tierra." Ni una sola vez sus ojos penetrantes dejaron los del jefe Anglo, pero él era de temple severo y desafió su presencia magnética.

"¿Has perdido la razón, bruja? ¿Salvador del Valle? ¡Pah! ¡Sólo mira al desgraciado! ¿Dónde está la fuerza de su brazo? Ves cómo se acobarda ante nosotros y, ¿no fue un juego de niños capturarlo?"

Jake no comprendía lo que estaban diciendo, pero se daba

cuenta por las miradas que Stoppa le dirigía a él que su destino estaba en juego.

"Las apariencias engañan, así como el propósito de los dioses es desconcertante para un simple mortal, no importa la fuerza de su brazo. ¿Deseas enfrentar al Padre de Todos, Stoppa?" Su voz se había convertido en un chillido, y los guardias jadearon ante su insinuación.

El efecto en el cacique fue inmediato. Forzó su cara y su cuerpo en una demostración de humildad. "Por supuesto que no, nunca desafiaría a los dioses. Todo lo que tengo, se lo debo a ellos. En el nombre de Tïw, dime cómo sabes estas cosas."

"¿Cómo he conocido el pasado, el presente y el futuro? ¿No predije tu nacimiento cuando tu madre temía ser estéril? Los dioses me hablan a través de las runas y en mis sueños. Ahora, ¡Déjalo libre de una vez! Tengo mucho que decirle al extraño..."

"Él no habla nuestra lengua."

"Los dioses pueden hablar a través mío."

"Yo juro por aquellos mismos dioses que si el espía trae ruina para nosotros..."

La vieja vidente chilló y le apuntó con su dedo nuevamente. "¡Aaargh! ¡Cesa con tus amenazas inútiles, hijo de un noble espíritu que te observa desde Waelheal descontento! ¡Aprende a respetar a los dioses y su sirviente no sea que te caiga una desgracia!"

Jake miró alrededor a los rostros aterrorizados de los hombres alrededor de él y consideró el poder de la extraña mujer - ¿qué era ella, sacerdotisa, profetisa? – mantenido sobre ellos. Quienquiera que fuera, fuera lo que fuera, le estaba agradecido y más aún cuando el cacique habló a continuación.

Tragando su rabia por el miedo supersticioso, Stoppa giró hacia un guardia. "¡Corta sus ataduras!"

Incluso mientras se frotaba las muñecas y trataba de restablecer la circulación en sus manos, un brazo flaco se unió debajo del suyo y los ojos penetrantes lo miraron.

"¡Ven conmigo!" Para ser más clara, la vieja mujer tiró de su brazo. Él la siguió voluntariamente, cualquier cosa para dejar atrás la escena de su inminente perdición. Deben haber parecido una pareja curiosa para la gente que miraba en el pasillo – la vidente desaliñada y el extraño en sus ropas extravagantes. Él avanzó arrastrando los pies junto al paso rengo de ella hasta que llegaron a la puerta. Jake respiró una bocanada codiciosa de aire libre de humo, inconsciente por el momento del hedor que venía de la calle llena de inmundicia. Estaba contento de estar vivo y libro, y esta fuerte emoción borró incluso la conciencia de su entorno extraño. La mano delgada tiró de su manga, y él la siguió sin vacilación, sabiendo que ella era su protectora.

Ella lo condujo pasando mujeres desnutridas, que miraban fijamente, algunas trabajando duro con bebés en brazos. Gruñían maldiciones y los milanos reales volaron en picada, todo para recodarle que estaba en un lugar y en un tiempo extraños. Antes que él tuviera una oportunidad de absorber su entorno, la bruja se había abierto camino hasta una choza de aspecto sórdido.

Adentro era peor, calaveras humanas le sonreían a él desde postes clavados en el suelo de tierra batida en cada esquina de la habitación. Ella siguió su mirada horrorizada y le dio la sonrisa horrible que él había visto antes.

Agradecido, se dio cuenta que el fuego estaba apagado; todavía le ardían los ojos y los tenía rojos desde el salón. La bruja se apresuró a juntar cosas y objetos y los hacía desaparecer entre su ropa andrajosa antes de sentarse con las piernas cruzadas en el suelo. Un gesto perentorio de su mano huesuda le ordenó que hiciera lo mismo. Se dejó caer incómodo al suelo para ser fijado por los ojos penetrantes e hipnóticos. Sostuvo la mirada cuando ella le extendía una porción de pastel poco atractivo para él.

"¡Come!"

Con tristeza, él inspeccionó el ofrecimiento, lo que había rechazado sino fuera por esa mirada sometida a la mente y su hambre voraz. Mordió un trozo y lo masticó admitiendo interiormente que su sabor era superior a su apariencia; había un satisfactorio toque de miel. El terminó el pastel con deleite, pero en poco tiempo comenzó a hacer efecto. Jake, distinto que muchos de sus contemporáneos, nunca había incursionado con las drogas; de otra forma él habría reconocido la sensación que le sobrevino. Primero, la cara de la bruja comenzó a cambiar de forma, y las calaveras en la habitación corrían hacia él para mirarlo a la cara. Él quería gritar, pero no podía. En cambio, dejando su cuerpo atrás, comenzó a volar sobre el paisaje, pero la tierra que estaba viendo era la del siglo XXI... desforestada, llena de carretas enredadas por el tráfico. Siguió a un gran camión de gasolina como una gaviota seguiría a un barco de arrastre por la autopista y luego por una carretera principal hasta que llegó a un sitio industrial. Se detuvo junto a una gran estructura metálica que la mente incomprensible de Jake le pareció un taladro gigante. Ya había visto suficiente y voló de regreso a Long Marston donde reingresó a su cuerpo. Ella habría querido que viera la cicatriz en el paisaje que el pozo de fracking había creado y quería que él la evitara.

Sus ojos decían mucho, y antes que él pudiera insistir sobre por qué estaba en el siglo VI, ella sumergió su dedo en un frasco que contenía un líquido rojo, se acercó a él y pintó un símbolo en su frente, exactamente donde usualmente él experimentaba la extraña sensación de "tercer ojo". Él sintió como si estuviera dibujando triángulos, pero no estaba seguro.

Se sintió mareado y tembloroso después de comer el pastel, así que cuando le ofreció un vaso que contenía un líquido oscuro y viscoso, él se estremeció y se negó. Solo porque los penetrantes ojos azules tomaron el control de su mente una vez más. Mecánicamente, como un autómata, levantó el vaso, y el líquido de aspecto maligno se deslizó por su garganta. Tuvo un efecto instantáneo, removiendo sus náuseas y dejándolo somnoliento, pero con una sensación de bienestar.

Cuando se despertó, sintió el calor del sol sobre él y a través de un ojo de párpados pesados, contempló un rastro de vapor atravesando un cielo azul por demás perfecto. Entonces, estaba de regreso en el siglo XXI, se sentía con una oleada de felicidad. La sensación de bienestar permanecía con él, y al sentarse y mirar alrededor, se preguntó si había soñado su encuentro con la gente del siglo VI. No había señales del asentamiento Anglo-Sajón, pero cuando se puso de pie, se encontró a sí mismo en un campo cercano a un pueblo.

Agradecido por su calzado cómodo, se dirigió al pueblo, preocupado acerca de cómo encontrar su camino de regreso a Knightcote y su coche de alquiler abandonado. Pronto descubrió que el pueblo era Long Marston y que no había camino a campo traviesa hasta su auto. Tendría que tomar un autobús hacia Warwick, y desde ahí la única solución sería un taxi.

Su teléfono le mostraba que era media mañana y que tendría tiempo para efectuar su plan. Encontró una parada de autobús en Wyre Lane, donde un horario mostraba un servicio programado a las 11:09. Podría ocupar el tiempo buscando un café para desayunar. Estaba hambriento de nuevo, sin mencionar sus ansias por un café.

Se dio cuenta que la chica del café lo miraba de forma curiosa y que ella seguía mirando su frente, pero él estaba demasiado concentrado en asegurarse que ella le preparara su espresso *ristretto* o muy concentrado para darle seguimiento. Después de una hora de viaje, encontró un taxi en la estación de autobuses de Warwick y le dijo al conductor a dónde quería ir.

"Te costará un paquete, compañero. Verás, tengo que regresar, y eso también está incluido en la tarifa."

"No se preocupe, tengo que volver a mi auto."

El conductor parecía indeciso. "No sé," dijo inquieto. "Significa que tomar la M40, con todo ese denso tráfico. Oye, ¿por qué me miras así?" Parecía entrar en pánico, y su resistencia se evaporó. "Todo bien, compañero. No se enoje. Lo llevaré allí. ¿Knightcote dijo? ¿Alguna dirección en particular?"

"Yo sabré cuando estemos llegando al lugar. Solo maneja."

"Está bien, suba."

El turbulento silencio del conductor le gustó a Jake por un momento, pero luego de entrar en la autopista, le preguntó, "¿Estás bien, amigo?"

"Si, seguro," fue la brusca respuesta.

Justo cuando Jake estaba seguro que el tipo tenía la intención de permanecer en silencio, el conductor habló.

"El que lleva en la frente es un tatuaje inusual. ¿Tiene un significado especial?"

"No, me emborraché y mi novia me lo hizo."

"¿Qué, como un castigo? ¡Infierno sangriento!"

"Ya me he acostumbrado un poco ahora," mintió Jake, y se sumieron en un silencio que duró hasta que el conductor se desvió por la autopista. Consultó su navegador satelital y eligió la mejor ruta, que no quedaba tan lejos como le había dicho a su pasajero.

Aliviado de ver su vehículo de alquiler estacionado donde lo había dejado, Jake le pidió a su conductor que se detuviera junto a él.

"¿Cuánto le debo?"

"Diez libras estará bien."

"Pensé que había dicho que me costaría un paquete." Jake le entregó un billete de diez libras al hombre.

"Bueno, no quiero molestar a un tipo como usted. ¡No me mire así! ¡Oiga, lo siento! No quise molestarlo." Apresuradamente el conductor puso su coche en marcha y se alejó rugiendo, dejando a Jake desconcertado y parado junto a su vehículo.

No fue hasta que estuvo de regreso en su departamento en Banbury que pensó en inspeccionar su rostro frente a un espejo. Para su sorpresa, encontró su frente adornada por un símbolo. Lo había visto antes en algún lugar. El símbolo era Anglo- sajón; él sabía esto. Pero ¿qué significaba? En cuestión de minutos con la Internet, descubrió lo que era. L anciana había representado el *valknut* – un símbolo en forma de nudo asociado con Woden. Representaba el poder de atar y desatar. Más precisamente, el poder de poner ataduras en la mente de los hombres volviéndolos indefensos en la batalla. Los Anglo-Sajones creían que también aflojaban el miedo y la tensión mediante los dones de intoxicación e inspiración.

Jake entró en el baño sumido en sus pensamientos. Tendría que lavar el símbolo. ¿Qué diría Heather? Ella odiaba los tatuajes, de hecho, estaba en contra de ellos a muerte. Enjabonó un paño, y comenzó a frotarse la frente, pero por mucho que lo intentara la imagen no desaparecía. Era como si ella lo hubiera tatuado con una aguja, pero por supuesto, no lo había hecho.

¿Necesitaré un tratamiento con láser para deshacerme de él?

Se rindió, volvió al sillón y pensó en el extraño comportamiento del conductor. ¿Estaban conectadas las dos cosas? Tal vez había obligado mentalmente al hombre a llevarlo, contra su voluntad, hasta su coche y cobrarle tan poco por un viaje largo. Si la bruja le hubiera dado esos poderes, sería capaz de combatir a cualquiera que tuviera una posición distinta de la suya. Era el poder de someter sin levantar un dedo con ira. ¿No se había quejado el conductor también de su mirada? ¿Le había dado a él su mirada hipnótica? Medio esperaba que no - ¡era aterrador!

Una llave movió el pestillo y Heather entró, su habitual expresión exuberante cuando estaba en casa con él fue reemplazada por una m irada de horror.

"¡Jake! ¡Oh, mi Dios! ¿Qué has hecho con tu cara?"

"Y-yo no hice nada, o al menos..." Él comenzó una prolija explicación que la dejó con la boca abierta y sacudiendo su cabeza.

Cuando él terminó, ella dijo, "Una mujer astuta te ha dotado de nuevos poderes para combatir el fracking, ¡y tú la conociste en Watwick más de 1400 años después! ¡Jake si no te conociera y a tu extraño cerebro, diría que debes estar con chaleco de fuerza! Como es esto," Ella se levantó del puf, "Voy por la acetona de mi bolso de cosméticos y desharé esa cosa horrible de tu frente." Ella volvió con una almohadilla de algodón y una botella transparente de removedor de esmalte de uñas.

Jake la miró fijamente. "¡Lleva eso de nuevo a donde lo sacaste!"

"J-Jake, ¿por qué4 me miras así?" ella se apresuró a regresar al dormitorio y emergió con las manos vacías momentos después, mirándolo cuidadosamente. Jake se sorprendió. *¡Lo que había pasado no era normal!*

Disfrutaba de su nuevo poder. La Heather que él conocía y amaba tanto nunca hubiera obedecido a una orden, y sus ojos le habrían ardido por los vapores de la acetona que tanto detestaba. Él odiaba cuando ella aplicaba el material a su hermosas, uñas con buena manicura, y él nunca dejaba de hacer un escándalo.

"¿Por qué me hiciste *eso*?"

"¿Qué exactamente?"

"Mirarme de esa forma terrorífica – nunca lo habías hecho antes, Jake, ¡y prefiero que no lo hagas de nuevo!"

"Perdón, Heather, la cosa es, que yo no sabía lo que estaba haciendo y no quería asustarte. De todos modos, es solo una mirada, ¿cómo puede lastimar una mirada a alguien?"

"¡No es ninguna vieja mirada, Jake Conley! Es como si agotaras la fuerza de voluntad de una persona. *Ella* te hizo esto, la mujer astuta, ¿no es así?"

Él tuvo que admitir la posibilidad de los nuevos poderes paranormales. Estaba tan acostumbrado a los viejos que una nueva Sición no lo sorprendió mucho. Contento que el asunto estuviera a la vista, él hizo una promesa.

"Haré todo lo posible para no usarlo en ti, querida." Como una ocurrencia tardía agregó, "En cualquier caso no ocurrirá por un desacuerdo acerca del fracking, de todos modos, He llegado completamente a tu punto de vista."

Ella sonrió porque siempre supo que él lo haría. Esto la llevó a preguntar. "Entonces, ¿qué planeas hacer contra la amenaza del fracking?"

Sacó el folleto y se lo entregó. Heather lo leyó y sonrió. "No te veo como el tipo que protesta, alguien que va a los mítines. De todos modos, nuestras vacaciones terminaron antes de eso."

"Lo sé, pero después de lo que me pasó, apenas puedo alejarme. Hay fuerzas trabajando aquí, Heather, fuerzas de más de 1400 años atrás. No puedo permitirme ignorarlos o frustrarlos. Dios sabe lo que nos pasaría."

"Bueno, supongo que tienes razón, pero yo tengo que volver al trabajo, y este departamento será muy caro para mantener por otro mes."

"Estuve pensando acerca de esto. Buscare un lugar barato para dormir en Warwick. Me lo puedo permitir por una semana o dos. Oh, por cierto, tenía razón, el Caballo Rojo era sajón. ¡Yo lo vi! No estoy seguro de que año era, ¡pero definitivamente era en el siglo VI! No se cómo esa cosa del fracking funcionará, pero te mantendré informada a diario."

Su cara tomó una expresión seria. "Querido, tendrás cuidado, ¿no? Donde hay mucho dinero en juego, siempre hay peligro. Estas obligado a remover algunas plumas importantes."

"Estoy muy consciente de esto, pero es mi *destino,* como habrían dicho nuestros antepasados."

"Jake, no te habrás vuelto pagano, ¿no?"

"Honestamente no sé qué pensar. Nuestra religión no acepta ningún otro dios fuera del propio, pero mi *valknut* pareciera sugerir que existen otros."

"¡Conley! Nunca has sido muy cristiano desde que te conozco. ¿Y qué diablos es un valknut?

"Esto," dijo Jake, señalando su frente.

TRECE

Ellos se dirigían hacia el castillo, la atmósfera era jovial, y la fuerte presencia policial se sumó a la idea de una excursión segura y placentera. Muchas de las mujeres vestían baberos amarillos o camisetas del mismo color y portaban en alto carteles con la misma leyenda NO AL FRACK EN WARKS. Jake no llevaba nada, pero estaba empapándose alegremente con las vibraciones mientras marchaba con la marea de al menos mil personas. Una mujer joven con cabello largo y lacio, que necesitaba urgentemente un lavado, según la opinión de Jake, enmarcando un rostro astuto, invadió su contemplación silenciosa. Lo que lo sorprendió primero fue su intensa mirada azul, y su rostro de rasgos afilados le resultó familiar, pero no pudo ubicarla. Como otros, su camiseta amarilla tenía un círculo negro que contenía un girasol y se leía en lo escrito encima *Libre de frack* y debajo *Warckshire*. Ella llevaba un letrero con la leyenda LA MADRE TIERRA ES SAGRADA.

"Oye arriba," dijo ella. "¿Eres de por aquí, amor?"

Ella ciertamente no lo era, no con su acento inconfundible de Lancashire.

"No ciertamente, soy de York, pero pienso que eres de la persuasión de la Rosa Roja."

"¿Eh?"

"Eres de Lancashire."

"Oh, sí, ya veo – rosa roja, si, vengo de Preston."

"Debes sentir fuertemente este tema para hacer todo ese camino desde el norte."

"Por supuesto, lo siento, sino no estaría aquí. De cualquier modo, tu viniste desde York."

"No exactamente, estaba aquí de vacaciones, y yo también creo," él levantó su mirada a su slogan, "que la Madre Tierra es sagrada."

Ella le dio una sonrisa mostrando dientes blancos aún. Que fue cuando él la reconoció. Los dientes habrían sido muñones ennegrecidos y su rostro arrugado... ¡pero no! ¡Ahora estaba dejando que su imaginación se apoderara de él! Ella le estaba explicando su compromiso con él, pero, distraído, solo escuchaba a medias, "...lo llaman *microsismicidad,* pero se esconden detrás de las palabras. Nosotros hablamos de terremotos. Los tuvimos en el sitio del Preston New Road, aterrador. Diría que estoy en shock, pero no lo estoy. El fracking causa terremotos, amor."

Habían llegado al puente de la carretera sobre el Avon, y desde ahí el castillo lucía sensacional erguido sobre un recodo del río. No es de extrañar que muchos expertos afirmen que era el mejor ejemplo de un castillo medieval en Europa. Hoy, estaba cerrado al público, gracias al tácito apoyo del propietario con la campaña anti-fracking. Cruzaron el moderno puente peatonal sobre el foso seco hacia el patio interior que había sido equipado con una plataforma para los altavoces y un sistema de audio para amplificar.

Los manifestantes se reunieron en el frente de la plataforma, ondeando sus carteles y cantando slogans anti-fracking. Jake se dio cuenta que su nueva compañera se unía en todos los cánticos. Su enérgico rebote arriba y abajo lo hizo sonreír, pero admiró el físico que parecía en forma debajo de la camiseta ajustada y blue jeans. Él no era de lo que se involucraban como ovejas en nada, limitando una vez más a absorber la atmósfera.

Hubo una serie de introducciones rituales, y Jake aprendió que entre los oradores invitados se encontraba Sir Thomas Etherington, Director Ejecutivo de Envogas, una de las más importantes compañías de fracking en el Reino Unido. Otro, cuyo nombre había olvidado, era un ejecutivo del British Geological Survey, otros eran, un diputado liberal demócrata y un miembro conservador del Parlamento de la circunscripción de Stratford-on-Avon.

La esencia del mensaje del primer orador fue que el fracking era seguro y beneficioso para la economía. Sus intervenciones fueron recibidas por abucheos generalizados e interrupciones enojosas. Jake comenzó a sentir indignación y, sin dificultad, se dirigió al frente de la multitud. Una vez allí, decidió subir a la plataforma para dar su opinión. Tan pronto como hizo un movimiento, fue abordado por un sirviente corpulento, quien le impuso las manos para impedir que subiera los escalones.

"No está autorizado a subir allí, sir, fuera de los límites."

Jake miró a la cara del hombre y vio cómo se marchitaba. Estaba usando sus nuevos poderes adquiridos sin querer siquiera.

"Deberías darte cuenta, joven," dijo él, "algunas cosas están destinadas a ser. Ahora quitame tus manos y hazte a un lado amablemente."

El guardia, como si fuera un esclavo, lo cual era, liberó los brazos de Jake y le hizo señas para que subiera los escalones de aluminio.

En la plataforma, Jake fue confrontado una vez más por un caballero de tez morena. Él recordó que era el diputado conservador, quien ahora, con expresión indignada, dijo, "¿Qué significa esto? ¿Quién lo invitó a subir? ¿Quién es usted, de todos modos?"

"Nadie en particular. Solo un hombre ordinario buscando una voz para otras personas ordinarias."

"¿No es eso exactamente para lo que los miembros del parlamento como yo somos elegidos?"

"Por supuesto es así, y yo apruebo la democracia, pero ya que usted, sir, no representa los puntos de vista de la gente debajo de la plataforma, yo *daré* mi opinión."

"Usted no puede solo subir aquí y hacer lo que quiera, mi querido compañero. No es así como funciona. Mejor regrese abajo antes que llame a la policía."

"¡No harás eso!" Jake le dio su formidable mirada. "Ahora siéntate y escucha al orador."

El diputado no acostumbrado a recibir órdenes, se encontró a si mismo involuntariamente obedeciendo al don nadie con la mirada hipnótica.

El orador, en ese momento al micrófono, era un ejecutivo de BGS, quien estaba tratando de calmar a los furiosos manifestantes abajo con unas estadísticas tranquilizadoras. Él estaba diciendo, "Nada de esto es inesperado o alarmante, el fracking hidráulico está acompañado por microsismidad. Nada de qué preocuparse, nosotros monitoreamos cada temblor. Estamos hablando de terremotos menores de una entidad que no puede ser sentido. La última magnitud de temblor que recuerdo en Lancashire fue de 0.3. Escuchen, hay un sistema de semáforos en el lugar, nada que mida entre cero o menor es clasificado como 'verde' mientras que los grabados por encima de o.5 son 'ámbar', significa que el fracking debe proceder con cuidado. Lecturas por encima de o.5 significan que el fracking debe ser suspendido inmediatamente. Verán, todo está en manos seguras."

Jake se paró delante, mirando fijamente al hombre, y tomó el micrófono de sus manos sin resistencia.

"Yo soy Jake Conley, y les daré aquí la voz del pueblo." Sus manos libres se movieron en un gesto de abrazo a todos en la multitud. "Yo quiero preguntarle, sir, ya que usted ha admitido que el fracking causa terremotos, y más al punto, que usted está ignorando deliberadamente la posibilidad del error humano que puede provocar un peligro ambiental, poniendo vidas inocentes en riesgo"

El hombre miró alrededor desesperadamente por consenso y por otro micrófono para contestar. Uno fue empujado a su mano. Él llamó a Jake, pero no pudo mirarlo a la cara.

"Señor Conley, ¿es así? Bueno, no sobre dramaticemos la situación. El gobierno está al tanto de las implicaciones ambientales, y la microsismidad es casi la menos importante. De hecho, el BGS ha desarrollado sensores sísmicos de superficie a través de la tierra para determinar temblores naturales y aquellos inducidos por el fracking."

"Déjeme hacer esto bien," dijo Jake. "Por un lado, ¿usted desestima los peligros de los terremotos, pero por el otro, usted está diciendo que esta tan preocupado que han incrementado el monitoreo?"

"Bueno, *eeee*, repito..."

Pero sus palabras fueron recibidas por un coro de abucheos y voces elevadas del público. "¡Tu dile, Jake!" comenzó a oírse varias veces. El debate continuo rápidamente, con Jake ganando constantemente la partida. Exasperado por la débil actuación del hombre del BGS, Sir Thomas dio un paso adelante y, tomando el micrófono, comenzó un largo discurso acerca de los beneficios económicos del fracking. Jake lo dejó hablar por un momento antes de interrumpir.

"Dejando de lado, solo por un momento, los importantes problemas ambientales que no menciono, Sir Tomas, quizás deberíamos señalar algunos argumentos contrarios en su propio terreno de la economía. ¿Qué hay acerca del daño al turismo en el Cotswolds? Esta es una reconocida Área de Excepcional Belleza Natural, designada por el gobierno en virtud de la Ley de Parques y Acceso al Campo de 1949. Una cosa es, Sir Thomas, para los estadounidenses que se vuelvan autosuficientes en combustibles fósiles, ya que tienen vastas áreas deshabitadas para explotar, pero esta isla densamente poblada es otra cosa, ¿está usted de acuerdo?" Él se paró muy cerca del CEO y fijó su mirada penetrante y levantó una mano imperiosa para sofocar la respuesta. Sabiendo que había obligado a su mente, dijo, "Yo quiero que le cuente a esta gente preocupada por los impactos secundarios, lo que intenta hacer con los deshechos de arena del frack, o, de hecho, con los pozos huérfanos, dándoles una respuesta franca a la mayor amenaza del fracking- el de abrir las puertas a métodos de extracción más extremos. Mi propia investigación muestra una discrepancia entre los porcentajes de emisión documentados para las instalaciones de recolección y loso porcentajes auto-informados: la industria reporta que se perdieron 500 toneladas por metro en esas instalaciones en USA en 2015 pero un estudio científico estimó 1.875.000 toneladas por metro. Entonces, sir, ¿cómo responde a estas consultas y hechos? Yo demando que no intente ocultarlos o pasarlos por alto en su respuesta. Sin vueltas. Nosotros demandamos una respuesta honesta." Esto dijo mientras perforaba con su mirada los ojos del VIP.

Transformado del orador asertivo y seguro de sí mismo orador de momentos antes en un apologista vacilante de su compañía, las distintas admisiones del caballero antes que los aullidos de los manifestantes dejaran a sus seguidores desconcertados y perplejos. La sonrisa triunfante de Jake fue capturada por las cámaras de televisión presentes.

Heather vio esto en el noticiero nocturno más importantes en Gran Bretaña y llamó a su esposo para felicitarlo en su devastadora actuación solo unos minutos después. Pero ella no fue la primera en felicitarlo ya que él tuvo una recepción de héroe en los pies de la plataforma. Entre los simpatizantes se encontraba la mujer de rostro astuto de Preston, que le estrechó cálidamente la mano. "Lo hiciste nudos", dijo ella. "Olvidé mencionar que un amigo cercano mío era uno de los tres manifestantes apresados en Preston por treparse a camiones para intentar frenar el fracking. Matthew recibió veintiséis meses, y pasó seis semanas detrás de las rejas hasta que el juez de apelación de Assizes anuló la sentencia como *manifiestamente excesiva;* este es el tipo de cosas a las que nos enfrentamos. Matthew no está aquí hoy, pero yo sé que estará muy agradecido contigo."

"Estoy muy contento de ayudar. Nosotros no podemos dejar que despojen esta área. Mira, debo irme, el miembro del parlamento Lib Dem me ha invitado a cenar. Tendré que ir a casa a cambiarme. Pienso que puede ser una alianza muy útil si nos llevamos bien."

"Oh, estoy seguro que lo harás. Si alguna vez estás en Preston," ella le dictó su número de celular y luego, sorpresivamente, le dio un beso rápido en su mejilla antes de estrecharle la mano.

"¿Edith Wyter? Este es un buen nombre antiguo Anglo-Sajón."

"Mis amigos me llaman Liffi – no me gusta ser llamada Edith o Edie."

Había un tono agudo en su voz, y él tomó nota. "Ok. Te veré entonces, Liffi. ¡Cuidate!"

Cuando ella se fue, no pudo evitar pensar, *Extraña criatura. Edith es un nombre mucho más lindo que Liffi, pero, cada cual tiene su gusto.*

Su reunión con el miembro del parlamento Philip Wright fue informativa. El político había viajado a Warwick desde su circunscripción en las afueras de Londres debido a sus opiniones personales profundamente arraigadas sobre el medio ambiente.

"Soy casi un verde," admitió. Pasó la mayor parte de la comida subrayando los peligros considerables de la industria como él las veía. Jake escuchaba con ávido interés – aunque no lo dejó pasar, la mayoría de esto era nuevo para él, y todo parecía placentero e interesante mientras saboreaban un excelente Cahteau Mancoil Privilege – un espléndido vino tinto Chateneau du Pape. El político sonreía por encima de su vaso levantado, "Realmente tendrás que contarme tu secreto."

"Temo que no comprendo."

"Oh vamos, Jake, ¿cómo complicaste y confundiste a un empedernido hombre de negocios como Sir Thomas Etherington? Lo dejaste desnudo en frente de todos. Yo deseo saber cómo manejaste eso."

Jake miró al MP y consideró, *No tiene sentido intentar explicar.* Pensó esto, pero dijo en voz alta, "Es el don de la persuasión que tengo."

Philip Wright se rió incómodo y poco convencido, "Tú dices que eres un novelista. Perdóname, pero estás perdido en el teclado. Con tus habilidades persuasivas podrías llegar lejos en política – por supuesto, siempre hay un inconveniente."

Este fue el momento cuando el mundo dejó de parecerle color de rosa a Jake y la realidad lo golpeó.

"Te darás cuenta que tu intervención de hoy te transformará en una especie de celebridad. Espera que la prensa te acose, y si yo fuera tú, explotaría la oportunidad de llevar a casa nuestro argumento. La postura del gobierno es vergonzosa e hipócrita. Aparte de permitir que el fracking se inicie en nuestro territorio, a diferencia de Francia y Alemania, que lo han rechazado de plano, el jefe de la ONU, Ban Ki-Moon, ha criticado la financiación de proyectos de combustibles fósiles de nuestro gobierno en otros países – y en mi opinión tiene razón en hacerlo."

Advertido sobre la invasión de su privacidad, las campanas de alarma no empezaron a sonar realmente hasta que vio el último noticiero en su dormitorio. Aparte de los primeros planos de cada una de sus expresiones faciales capturadas más temprano en el día mientras se pavoneaba en la plataforma, haciéndolo lucir como un torturador sádico, los periodistas habían comenzado a desenterrar material biográfico. Si el esperaba que no se hiciera referencia al asesinato de su novia y su subsecuente encarcelamiento y absolución, estaba equivocado. Era evidente que habría que pagar un precio por involucrarse en asuntos políticos. ¿Pero estaba listo y preparado para pagarlo?

CATORCE

El desayuno de Jake fue interrumpido por el insistente llamado del timbre. Cuando respondió, micrófonos y celulares fueron empujados en su cara y fue bombardeado con preguntas. Él se sintió violado y desorientado. Los sabuesos de la prensa no o dejaron cerrar la puerta, usando su peso superior colectivo para forzarlo a retroceder. Su único pensamiento eta escapar, y lo hizo con el movimiento sorpresa de correr al baño y encerrarse en él. Bajo la tapa del inodoro y se sentó, demasiado sacudido para pensar con claridad. Él pudo escucharlos llamándolo para que saliera y respondiera unas pocas preguntas simples. En primer lugar, él no creía en sus simples preguntas.

Se dio cuenta que no podía quedarse encerrado en el baño todo el día, pero su naturaleza reservada no le permitía encarar a los periodistas agresivos. ¿Qué iba a hacer? Pensó mucho por unos minutos, luego se levantó, abrió la puerta y salió afuera con un aire de determinación. Su lenguaje corporal sofocó el alboroto mientras se aproximaba a los periodistas.

"Usted," dijo señalando a un hombre alto por su distinguido aspecto y fijando en él su formidable mirada de otro mundo, diciendo en una voz autoritaria, "organice una conferencia de prensa aquí en el jardín para las 10 en punto. Esto me dará tiempo para terminar de desayunar y organizar mis pensamientos, ¿bien?"

La dócil aquiescencia era lo que esperaba y lo que obtuvo. Esta vez nadie empujó cuando él cerró la puerta gentilmente. Con una siniestra sonrisa de satisfacción, desenvolvió una hogaza y puso dos rebanadas en la tostadora. Miró su reloj: exactamente una hora para su conferencia de prensa. Podía preparar una declaración. Tomó una lapicera y un cuaderno y comenzó a escribir frenéticamente mientras se doraba su tostada. Dos mordiscos en su tostada con mermelada y si teléfono sonando interrumpió el flujo de sus pensamientos. Era una compañía de TV independiente invitándolo para debatir *el tema del día* en la TV local. Consiente de su conversación con el miembro del parlamento Philip Wright, aceptó con presteza. Debía usar cada plataforma posible para entregar su mensaje anti-fracking.

A las diez en punto precisamente, el timbre de su puerta sonó. "Estamos listos para usted, Señor Conley," dijo el periodista alto. "Yo soy Andrew Forrester; estoy con *The Independent*." El periodista estiró su mano, y Jake la apretó cálidamente. "Pensamos que usted podría pararse en el patio, mientras nosotros tomamos el césped abajo."

"Si, está bien. ¡Vamos por ello entonces!"

Él tomó su posición y observó a la asamblea de periodistas, la mayoría de ellos sostenían un dispositivo de grabación.

"Damas y caballeros, he preparado una corta declaración para empezar, quiero agradecerles a ustedes por darme la oportunidad de adelantar mi posición y motivaciones." Comenzó a leer sus notas.

"Primero de todo, vine a tomar una postura anti-fracking a causa de mi profundo amor por nuestra herencia natural e histórica. Warwickshire, ubicada en el borde del bello Costwolds, debe permanecer virgen. El fracking no solo comprometerá su excepcional belleza natural por la construcción de pozos antiestéticos, sino que inevitablemente se incrementará el paso de vehículos pesados hasta un nivel insostenible. Pero que esto, debo informarles lo que los industriales no les han hecho saber, que sus operaciones amenazan los suministros de agua, la calidad del aire y la salud." Continuó hablando sobre derrames y violaciones, un estofado tóxico en el agua subterránea, vertido de deshechos del fracking radioactivo, y químicos tóxicos llevados por el viento. Él hablaba apasionadamente acerca del daño al hígado, riñones y al sistema nervioso central y contaminación de la cadena alimenticia por cancerígenos.

Cuando se detuvo para un respiro y miró alrededor, una de las mujeres periodistas le gritó, "Annie Briggs, de *The Daily Mail,* Señor Conley, usted podría ser acusado de sobre-dramatizar los riesgos de salud. ¿Qué dice usted de esto?"

"Bueno, Señorita Briggs, yo diría que *usted* y cada uno en el Reino Unido deben leer el artículo de investigación de California en BTEX. Que es la abreviatura de Benceno, Tolueno, Etilbenceno y Xileno. Estos Compuestos Orgánicos Volátiles o VOC, pueden ser respirados por la gente que infortunadamente vive en la vecindad de una planta de fracking. Por supuesto, las compañías lo negarán enérgicamente esto, pero los científicos californianos han reportado anormalidades en el esperma, reducción del crecimiento fetal, enfermedad cardiovascular, disfunción respiratoria, asma, y en la codificación hormonal - ¿necesito continuar? Y todavía no he mencionado aún el impacto del pastoreo del ganado."

Un hombre de expresión hambrienta y expresión cansada levantó su mano, Jake asintió con la cabeza hacia él.

"Bill Backhouse, *Daily Star*. ¿Es verdad que usted fue investigado por el asesinato de su novia un par de años atrás, Señor Conley?"

"No es un secreto de estado, Bill. Pero la policía de North Yorkshire, después de investigaciones intensivas, cerró el caso por lo que mi inocencia fue probada." Mantuvo la calma, pero dentro estaba hirviendo y, al no tener experiencia en conferencias de prensa, cometió el error de invitar a otra pregunta sobre un tema que deseaba evitar. "De todos modos Bill, ¿qué tiene esto que ver con el fracking?"

El rostro delgado del periodista se iluminó. "No piensa usted que nuestros lectores tienen derecho a saber exactamente quien los está aconsejando a protestar."

Luchando para mantener su ira bajo control, Jake dijo, "Seguro, especialmente si eso ayuda a vender copias, ¿eh, Bill?"

"El interés humano es..."

Jake había tenido suficiente. Amargamente dijo, "No hay nada *humano* acerca de una joven mujer siendo asesinada con un hacha en la flor de su vida, Bill. Damas y caballeros esta conferencia está cerrada." Tuvo el pequeño consuelo de escuchar a los periodistas regañar a su colega por su línea de interrogatorio cuando él cerraba la puerta detrás suyo. Ahora su prioridad era salir del dormitorio. Esta situación era insoportable. Al menos había puesto alguna información importante del anti-fracking para la prensa nacional. Sin embargo, algo muy privado había sido profanado.

Su teléfono sonó de nuevo, esta vez era una oferta para ser un orador invitado en un debate público acerca del fracking. Nuevamente, él aceptó, pero no habría sido tan entusiasta si hubiera sabido a qué conducirían sus actividades.

Eran los primeros días, y la agenda ocupada que se acumularía todavía estaba relativamente libre, así que escapó por la puerta trasera para evadir a los periodistas, quienes aún no había alcanzado la etapa de asedio total. Significó dejar su auto alquilado en el camino, pero tomó un autobús hasta el cercano Stratford-on-Avon y comportándose como un turista, visitando los paisajes de Shakespeare y generalmente relajando. Estaba teniendo un día placentero hasta que llamó Heather en la tarde.

"Te lo dije," su tono era ácido, "tus actividades anti-fracking pueden causar problemas."

"¿Por qué, que ha pasado? ¿Estás bien?"

"Oh, estoy bien, pero el Profesor Whitehead está ardiendo."

"¿Cuál es el problema?"

"Oh, nada si consideras la propuesta de la universidad de una nueva estación de GPS y tecnología LIDAR sin importancia."

Jake estaba comenzando a irritarse por su tono y falta de claridad, "¿Qué es LIDAR? No sé de qué hablas."

"No, no lo harías. Tecnología de Detección y Rango de Luz – todo muy sofisticado y caro y más allá de nuestros medios. Nuestro sponsor ha retirado nuestros fondos, eso es todo. No fue hasta que chequeé con Standard & Poors que descubrí que ellos eran parte de la misma corporación que la compañía de Sir Thomas Etherington, Envogas. El retiro de los fondos significa que deberemos abandonar la mayoría de nuestros próximos proyectos – redimensionar todo por la falta de equipamiento disponible, gracias a ti."

"Lo siento, Heather, obviamente no es una coincidencia. Un par de llamadas de Etherington y está hecho. Claramente ha hecho su tarea conmigo y no perdió el tiempo en golpearme a través tuyo. Haré que los cerdos paguen por esto. Estoy del lado de la arqueología, Heather, ¡Heather!"

La línea se había quedado en silencio. ¿Ella le había

cortado? ¡Seguramente, ella podría ver que no era culpa suya! Ella no contestaría sus llamados por los próximos dos días.

Se preguntó si eso era porque ella lo culpaba por el retiro de los fondos o por los artículos en los tabloides acerca de él. Su rostro estaba salpicando las portadas de los dos periódicos populares nacionales. El título de Bill Backhouse era VIENE EL HOMBRE DEL HACHA y la implicación que Jake estaba preparado a cortar con un hacha a la compañía de fracking tal como supuestamente había cortado con un hacha a su novia. Él se sintió como si le hubiesen dado un golpe bajo en cinturón y por dos días vagó sin rumbo rechazando todos los compromisos y generalmente evitando el contacto humano. En cierto modo, le convenía no tener que hablar con Heather; por otro, ella era la única persona que podía hacerlo sentir mejor.

El golpe psicológico que había tenido no fue tan doloroso como el físico que le llegó en su retorno a su dormitorio. Él había caminado a lo largo del pavimento ocupándose de sus propios asuntos, perdido en sus pensamientos cuando un fuerte golpe en la nuca lo tiró sobre las losas. Cuando lentamente él recuperó la conciencia, su cuello era una braza, una máscara sobre su rostro le suministraba oxígeno, y estaba siendo llevado a una ambulancia en una camilla. Un pequeño grupo de observadores se habían reunido y uno de ellos lo había encontrado y llamado al servicio de emergencias. Solo tuvo tiempo de asimilar esto antes de caer inconsciente una vez más.

La mañana siguiente la policía llegó a interrogarlo. Estaba tomando sedantes y analgésicos y se sentía muy dopado y dolorido, pero pudo asegurarle al inspector que el ataque lo había tomado completamente por sorpresa; y no, él no había escuchado ni visto nada. Sugirió que había sido golpeado a causa de su intervención en la campaña anti-fracking.

"Es una posibilidad, sir, y definitivamente una línea de investigación que seguiremos. Quienquiera que lo haya atacado sabía lo que hacía. Es uno de los pocos lugares en el área no cubierto por cámaras de CCTV. Por lo tanto, no tenemos evidencia documentada."

"Esto respalda mi teoría que no fue un asalto casual." Gruñó Jake y cerró sus ojos para ver estrellas parpadeantes una vez más."

"Hemos puesto una apelación para testigos, pero no tengo muchas esperanzas al respecto, por otro lado, la prensa está mostrando mucho interés en este asalto. Usted es casi una celebridad, ¿no sir?" Aparte de gemir, Jake no hizo comentarios.

El día siguiente, el mismo oficial regresó a la habitación privada de Jake. "Novedades, Señor Conley, dos testigos se han presentado – si nosotros podemos honrarlos con ese título. Es extraño que ambos tengan antecedentes policiales. Sus relatos son demasiado perfectos para mi gusto, y ya estamos encontrando agujeros en ellos. De acuerdo con ellos, usted estaba caminando cuando una camioneta de Luton – usted sabe, la clase de las que se alquilan – pasó conduciendo. Tienen grandes espejos salientes, y de acuerdo con Ernie Cowie, un vulgar ladronzuelo, lo tomó por la parte de atrás de su cabeza con el espejo. Creíble solo en la medida que la fuerza del golpe fuera consistente con su relato, pero tendría que haber estado caminando justo en el borde del sendero, lo que es posible pero improbable. Finalmente, el doctor que lo examinó está seguro que el objeto que lo golpeó era liso y redondeado, como un bate de baseball. Inconsistente con un espejo lateral, que debería haberle causado una herida sustancialmente diferente, No, Cowie y Alan Booth están mintiendo y ciertamente se han puesto de acuerdo en torno a esto. Veremos si podemos dividirlos para que traicionen a su pagador. Temo que no será fácil."

Heather vino a verlo al día siguiente. "¿Cómo estás cariño?"

"Confuso, gracias amor," bromeó y le dio una sonrisa débil.

Se encontró con una expresión sombría. "Te había dicho que era un negocio peligroso, Sigues con vida, pero puedes no tener tanta suerte la próxima vez. ¿Vas a dejarlo caer, Jake?"

Él intentó sentarse para tener más autoridad para su rechazo, pero esto solo le causó un dolor cegador que destellaba detrás de sus ojos. Ella tomó su mano y se la apretó. "No sé cómo me las arreglaría si algo realmente malo te ocurriera, mi amor."

Entre sus dientes apretador, Jake forzó, "¿Dices que esto no es realmente malo?"

Ella le acarició la frente y miró el símbolo de valknut, "En cualquier caso el médico dice que no habrá daños duraderos. Necesitas descansar para recuperar fuerzas y para que descarten las consecuencias relacionadas con una conmoción cerebral. De hecho, te llevarán para una tomografía computada más tarde hoy.

"Eso será interesante; tal vez descubran lo que está pasando dentro de mi cabeza. ¡Sé que no puedo!"

QUINCE

Warwick 2020 AD

Jake tenía mucho tiempo en sus manos antes que los doctores de Hospital de Warwick se sintieran lo suficientemente seguros como para dejarlo ir. Él amaba los crucigramas y frecuentemente le decía a Heather que, con su cerebro interconectado, era capaz de establecer el crucigrama críptico definitivo sin solución. Su pasión, aun por simples rompecabezas en los tabloides sensacionalistas significaban que tenía al menos cuatro periódicos a su alcance cada día y, cada día, su rostro le devolvía la mirada desde una asombrosa variedad de fotografías. ¡Los fotógrafos de prensa deberían estar contentos! Pero claro, reflexionó Jake, no era como en los viejos tiempos. En la era digital ninguno de ellos debía preocuparse por el costo de los rollos de película, por lo que el número de instantáneas no era financieramente importante. Afortunadamente, los doctores de Warwick habían establecido una especie de cortina de hierro impenetrable alrededor de él. A ningún miembro de la Prensa le estaba permitido visitarlo porque ellos insistían que su paciente necesitaba reposo total para recuperarse.

Jake creía que esto era una espada de doble filo porque, por un lado, la falta de estrés lo ayudaba a recuperarse, pero por la otra, no podía apreciar la esencia de los artículos de la prensa popular. Necesitaba refutar alguna de las peores acusaciones acerca de sus motivaciones. De alguna manera, habían desenterrado su total apatía hacia los asuntos ambientales en el pasado e insinuaron que su nueva pasión era reconstruir su imagen después de los oscuros días de Ebberston. Por qué esto debía ser necesario, quería establecerlo con Bill Backhouse.

Tras el alta, se enfrentó a la pandilla de periodistas con una serie de respuestas monosilábicas y de mala gana. Lo atribuyeron a su estado de salud y escribieron informes comprensivos, hostiles para su asaltante desconocido. Entonces, su táctica resulto exitosa temporariamente. Pero se prometió a sí mismo un futuro enfrentamiento con el maligno Backhouse. Si esperaba que los periodistas lo dejaran tranquilo, estaba en un error. De hecho, se encontró a si mismo acosado cada vez que abría su puerta. Esto, como le informaba su agenda, era un problema porque necesitaba salir para varias citas. Al día siguiente después de su alta, estaba programado para formar parte de un debate cara a cara televisado sin otro que Sir Thomas Etherington en su sede regional en Coventry.

Habiendo capeado el aluvión de preguntas insistentes cuando se enfrentó a la terrible experiencia del corto viaje hacia su cochera, condujo al norte hacia la cercana ciudad de Coventry. En la entrada de brillante acero y vidrio de la empresa minera, sede administrativa de Envogas, con su elegante escritorio de recepción de haya rematado con cuero verde, una joven mujer inteligente lo saludó con extrema cortesía. Ella le ofreció conducirlo "escaleras arriba a la sala de juntas, donde los equipos de TV ya habían colocado sus luces y cámaras. "¡Es todo tan emocionante!" le confió ella con una risita. Jake estaba un poco distraído porque estaba mirando al guardia de seguridad estacionado en frente de la puerta de una oficina, obviamente ubicado para prevenir que alguien entrara. Se preguntó que era tan importante detrás de esa puerta.

Jake no esperaba reunirse con una maquilladora, pero la joven era agradable y simpática.

"Yo sé que ha pasado por muchas cosas recientemente Señor Conley, y yo trataré de presentarlo de la mejor manera posible. Necesitaremos un toque de corrector debajo de los ojos, y solo unos pocos toquecitos primero acá y allá evitarán que la piel brille- de lo contrario es muy molesto y desagradable para el espectador."

Sir Thomas Etherington, con su habitual estilo pulcro y elegante, lo saludó con estudiando, aunque fría cortesía. No fue hasta que el presentador, un experto bien cocido en su profesión, buscó y logró encontrar un camino más allá de la cuidada fachada de suavidad, que Etherington mostró sus colmillos.

"Sir Thomas, ¿qué dice de aquellos que insinúan que el vicioso ataque de nuestro invitado aquí fue el trabajo de la confraternidad pro-fracking?"

"¿Confraternidad? ¿En serio? Verás Nigel, al parecer la explotación de la industria de la energía está dirigida por una especie de secta."

"¿Es así Sir Thomas?"

"¡Ciertamente no, sir! Y refuto fuertemente cualquier sugerencia que yo o cualquiera de mis colegas estén detrás del asalto al Señor Conley. Desafortunadamente, vivimos en una sociedad donde los actos de violencia casuales son un lugar común. Es bastante deplorable. Yo espero que esté completamente recuperado, ¿Señor Conley?" Él sonrió, pero su sonrisa no alcanzó a sus duros ojos.

"Perfectamente, gracias, Sir Thomas. Estoy interesado en

escuchar que no acepta la teoría de los espejos laterales de la camioneta Luton."

"En realidad, todo esto me deja algo perplejo," dijo el baronet. "Personalmente, no veo ventaja material a estos nada buenos que hilaron el hilo. Pero reafirmo que mi compañía nunca ha tratado ni nunca lo hará con personas de mala reputación.

El periodista, a su crédito, no dejaría pasar el asunto. "Sir Thomas, el hecho que usted deseche la teoría del espejo lateral abre más bien una acusación de un ataque deliberado contra el Señor Conley por algún propósito. De otro modo, ¿cómo cuenta el falso testimonio de los dos testigos?"

Frustrado el CEO respondió, "Nigel, realmente no veo a dónde vas con esto. No tengo que dar cuenta de nada. Seguramente este es el trabajo de nuestra estimada fuerza policial con quienes hemos cooperado completamente. Debo agregar. En cualquier case, no tengo razones para intimidar al pobre Señor Conley, ya que mi compañía ha decidido no proceder con el fracking en Warwickshire."

Jake se sentó y miró al ejecutivo, tan asombrado como todos en la sala ante esta primicia.

"¿De verdad? ¡Bueno, esta es una revelación, Sir Thomas! No hace mucho que usted estaba exaltando los méritos de gas de esquisto en Warckshire. ¿Admite entonces que los argumentos expuestos por el Señor Conley fueron convincentes e influenciaron su decisión corporativa?"

"¡No lo hice!¡Yo categóricamente no!" Sus rasgos finamente cincelados adquirieron una expresión de dureza marmórea. "Si bien respeto al Señor Conley y su punto de vista, lo repudio. Esto es puramente una decisión de negocio, basada en la evaluación financiera evaluada cuidadosamente. No tiene nada que ver con la oposición y las protestas, que en sí mismas son bastante loables y aceptables en una sociedad democrática, siempre y cuando no sobrepasen la marca, por supuesto. Yo pienso que debería descartar cualquier alegato en nuestra contra de conducta impropia de nuestra parte."

El debate continuó en un estilo mediocre después de esta exclusiva para el entrevistador, Nigel Dyer, y después de un momento, Jake se excusó preguntando por un baño. Le dieron indicaciones para la tercera puerta a la derecha en el corredor fuera de la sala de reuniones. Se sintió aliviado al separar su silla de la mesa ovalada de nogal y salir al pasillo. Fueron necesarios unos minutos a solas para ordenar sus ideas. Había algo mal pero no se imaginaba que podía ser. La gente como Sir Thomas no se echaban atrás ante el primer escollo que encontraban. Si no podían saltarlo, simplemente lo tiraban a un lado. Jake respiró hondo, miró a ambos lados del pasillo, esperando ver al fornido hombre de seguridad custodiando la puerta de la oficina. Que no estuviera, no hizo que la tentación fuera demasiado grande para él. En lugar de dirigirse al baño, giró a la izquierda y siguió derecho hacia la oficina sin vigilancia, chequeó por si había cámaras de seguridad, no vio ninguna, probó la manija de la puerta – ¡desbloqueada! Se deslizó dentro de la habitación y cerró la puerta detrás de él.

Una rápida mirada alrededor le dijo que está desocupada, pero importante, oficina, era bastante posible que fuera del CEO mismo. En la pared había un mapa a gran escala de Warwickshire con notas adhesivas amarillo canario. Cada una con la ubicación y la redacción UGC de boca de pozo. Jake sacó su teléfono y fotografió el mapa. Para ese momento la abreviatura incriminatoria no significaba nada para él.

Comenzó con un sonido y su corazón se aceleró. Probablemente no era nada, pero no quería que lo atraparan rogando – la foto tendría que ser suficiente, y en serio, realmente necesitaba usar el baño. Con esto en mente, salió de la habitación, afortunadamente, sin ser visto.

No fue hasta que regresó a casa que descubrió que había desenterrado una bomba sin explotar. Ahora, necesitaba o una explosión controlada o desactivarla sin dañarla. ¿pero cuál?

Al menos, podía recurrir a los periodistas acampados ahí y aprovechar la situación.

"Damas y caballeros," declaró desde el patio, "¡Estoy llamando a una conferencia de prensa, en el acto!" Latas medio consumidas de cerveza se posaron apresuradamente en paredes convenientes, las llamadas de teléfono se interrumpieron y terminaron, en el apuro general por escuchar las palabras del hombre del momento.

Cuando estuvieron listos y él tuvo su atención, Jake anunció. "Hoy, estuve en un estudio de TV con Sir Thomas Etherington, quien dio la primicia que Envogas había suspendido el fracking en Warwickshire definitivamente. Demasiado bueno para ser cierto, en lo que respecta a la fracturación hidráulica, pero debo advertirles, me ha llamado la atención que Envogas tiene la intención de proceder con algo *mucho peor*."

Aquí hizo una pausa para el efecto.

Bill Backhouse levantó una mano.

"¿Qué pasa Bill?"

"Espero que nos proporcione una prueba concreta de esta afirmación, Señor Conley. Todos aquí conocemos la antipatía personal que debe tener con razón contra Sir Thomas."

"Lo niego de todo corazón, Bill. Es solo otra de tus declaraciones infundadas. Como una cuestión de hecho, Sir Thomas fue muy cordial conmigo hoy, pero si, por supuesto, tengo pruebas concretas."

"¿De qué exactamente?" pregunto una periodista, que parecía estar en guerra con su ropa porque le quedaba mal, preguntó bruscamente.

"Lo siento, Señora... ¿no entendí su nombre?"

"Ellen Wilson, Yo estoy con *The Warwick Courier,* ¿prueba de que?"

"Ah, el periódico local. Entonces esto es de vital importancia para sus lectores. He visto los planes secretos de Envogas para UCG. ¿Sabe usted lo que es eso? Los hombros de gran tamaño del sweater de lana verde subían y bajaban en un gesto expresivo de ignorancia.

"Significa profunda *gasificación de carbón subterránea.* Es un procedimiento que implica explotar carbón que no se puede extraer porque las vetas están demasiado profundas, delgadas o fracturadas y Envogas quiere bombear aire en esas fracturas y luego encenderlas. Eso traerá gas a la superficie. ¿Entienden? Producirá una mezcla de alquitrán de hulla tóxica y cancerígena en la cavidad de la quemadura. Conducirá a una contaminación grave de las aguas subterráneas - ¿lo tienen? En Estados Unidos han detectado benceno y tolueno en la grasa del ganado en pastoreo - ¡Díganle eso a sus lectores!"

"Si, ¿pero qué prueba tiene usted de que Envogas intenta hacer esto?" La mandíbula sin afeitar de Bill Backhouse se adelantó, haciendo que su rostro delgado se pareciera al del Señor Punch. En opinión de Jake, parecía desesperado por los repetidos golpes de la porra de un policía. Imágenes de un tradicional puesto en la playa con rayas rojas y blancas vinieron a la mente de Jake en un lugar hasta ahora enterrado en la memoria de su niñez. Haciendo a un lado la agradable reminiscencia, se enfocó en el presente. Oh, ellos tienen planeados cabezas de pozos para Bubbenhall y otros dos más hacia el sur de Priors Marston, y esto es solo la punta de un iceberg que se extiende hacia los confines del norte del condado."

"Esto es lo que usted dice, pero, ¿dónde están las pruebas?" Se quejó Bill.

"Aquí," dijo Jake, extrayendo su teléfono, con el aplomo del títere del alguacil sacando su porra, pasó por la Galería y mostró la foto del mapa de Ellen Wilson. Deliberadamente ocultó el teléfono del estirado Backhouse y lo guardó en el bolsillo de su chaqueta.

"¿Puede reenviar esta imagen?" preguntó Ellen.

"Lo siento, la cosa es, que, para tomarla, he hecho un pequeño espionaje industrial, trabajo de daga y espada. Como en todos estos casos, es top secret. Como lo ven los ejecutivos de la compañía, el público no debe estar informado. Ese es su trabajo ¿no? Mientras que si difundo el mapa ellos pueden llevarme a la corte - ¡Y no voy a aceptar esto!"

"Entonces, sin pruebas, ¿qué se supone que hagamos?" se burló Bill Backhouse.

"Ustedes lleven a la compañía las acusaciones de una fuente anónima y vean cómo reaccionan. Bill. Aunque, pensándolo bien, tu puedes no tener los atributos de un periodista de investigación serio."

El periodista alto del *The Independent* sofocó una carcajada y, mirando avergonzado hacia Bill dijo, "Me complacerá llamar a Sir Thomas en nombre de todos. Digamos que no me guardaré su respuesta solo para mí."

Hubo un acuerdo general, y Jake tomó la oportunidad de la discusión desordenada que siguió para volver a meterse en su dormitorio. La bomba aún estaba allí sin explotar, pero él había llamado a los expertos en demolición; quedaba por ver si tendrían éxito sin causar un daño enorme.

DIECISÉIS

Warwick 2020

Los diarios de la mañana y los programas de TV del desayuno mostraban todos la misma historia. El periodista del *The Independent* se había encontrado con una pared de goma de verdades a medias, desafíos, contradicciones y mentiras descaradas: todo lo cual lo había usado con su astuta experiencia para producir una reacción incendiaria entre sus colegas más optimistas de la prensa sensacionalista. En la portada de uno, en una fotografía artificial, se mostraba a niños en edad escolar con máscaras de gas de la Primera Guerra Mundial bajo el título de. EL GAS ATACA EN EL FRENTE DE WARWICKSHIRE, el título se atribuyó a Bill Backhouse. El artículo en *The Independent* fue sobrio y fáctico, nombrando una fuente, cuya identidad no podía ser revelada, y escrito con cuidadosa atención diseñada para evitar acusaciones difamatorias.

Una sonrisa sombría se dibujó en el rostro de Jake cuando miraba las últimas noticias en televisión. Definitivamente había causado el furor que había esperado y hubo otras consecuencias. Reaccionó al timbre de la puerta con un suspiro exasperado. Resignado a abrirle a un periodista, fue placenteramente sorprendido por una intensa mirada azul en un rostro sonriente familiar.

"¡Sorpresa!" cantó ella.

Era Liffi, agarrando un montón de periódicos matutinos, que arrojó en la mesa tan pronto como él la dejó entrar. Ella actúo un pequeño drama, mirando exageradamente hacia el techo en todas direcciones.

"¿Qué estás haciendo, Liffi?"

"¡Buscando avispas – has revuelto su nido, Jake!"

"Muy graciosa, pero dime, que es lo que realmente haces aquí?"

Ella le dio una mirada fulminante. "¿Por qué, Jake Conley, detecto que soy un invitado molesto?"

"Y-yo no quise decir..."

La mujer de Preston se burló de él. "Me sorprende que no sepas a que te refieres, pero para alguien tan confuso, has hecho un trabajo muy convincente desmantelando la amenaza del fracking."

"¡Tú has visto a través mío, Liffi! Realmente estoy dando vueltas."

"La modestia como siempre es bien vista. Esto es el por qué estoy aquí realmente. Necesitamos coordinar...

"¿*Nosotros*? ¿De qué estás hablando, Liffi?"

Ella sonrió, inclinando su cabeza, puso mala cara, y cuando estuvo segura que sus defensas se estaban desmoronando, dijo, "Justo desde el momento en que me dijiste que creías, como yo, que la Madre Tierra era sagrada, yo supe que nosotros trabajaríamos juntos."

"Pero no es una decisión que puedas tomar sola."

"¡Oof! ¡No seas tan preciso, Jake! Este tipo de campaña exige acciones concertadas y un cerebro astuto."

"¿Es esto que has dejado sobre la mesa, Liffi? ¿Un cerebro astuto? ¿Te das cuenta que al asociarte conmigo abandonas toda tu privacidad?"

Como para remarcar sus palabras, ambos se dieron vuelta ante el sonido de algo golpeando el cristal de la ventana de la cocina. Era el lente de la cámara de un fotógrafo de prensa fisgoneando en su reunión. Jake se apresuró a la ventana y tiró de una cuerda, entonces la persiana rodó hacia abajo.

"¡Arruinarlos! ¿Ves lo que te digo, Liffi?"

Tu y yo... podemos enfrentarnos a todos los interesados." Ella extendió una mano para sellar el pacto y parecía reacia a dejarlo ir cuando él se liberó del agarre. Se sentó a la mesa y refunfuñó, "Un verdadero caballero al menos le ofrecería un café a una dama."

"Oh, seguro, perdón." Buscó las tazas y encendió un molinillo eléctrico para moler los granos.

"Impresionante, café recién molido." Ella estaba mirando uno de los diarios y estaba demasiado distraída para decir si el espresso estaba bien. "Esta es una buena tuya, ¡hermoso diablo! ¡Eres fotogénico, ¿sabes?"

"Entonces dime. ¿Está bien el café espresso?" repitió la pregunta pacientemente, pensando, *Eres muy bonita, Liffi Wyther. Me comportaré cuidadosamente aquí.*

En ausencia de una respuesta, encendió la cafetera y preparó el espresso concentrado exactamente como él lo prefería.

"¿Azúcar?" preguntó.

Él había hecho contacto con la palabra prohibida. "¡Ugh! ¿Contaminas tu café con azúcar, Jake?"

"No puedo beberlo dulce, de hecho."

"Bien, algo más que tenemos en común entonces." Ella

bebió su café y, mirando sobre el borde de la taza, lenta y deliberadamente se lamió los labios, sin apartar sus intensos ojos burlones de él.

Jake sintió que sus mejillas quemaban y apartó la mirada apresuradamente, sintiendo la necesidad de una ducha fría. ¡Maldición, era un hombre casado! Pensó desesperadamente en Heather y comenzó a sofocar su atracción por esta magnética, extraña burbujeante a quien apenas conocía.

Era como si ella leyera su mente. "¿Jake estás casado, no?" No era una pregunta. "Lastima, los mejores tipos están ocupados. Debo advertirte, que no creo en el matrimonio. Soy una neo-pagana." Él resopló, "Que, ¿todo el mambo del New Age? ¿Música relajante y absorber energía de los cristales?"

Fue su turno de burlarse, primero una sonrisa sin alegría luego dijo, "¿Es así como me ves? En ese caso, todo lo que falta son los calcetines tobilleros de lana con aros multicolores.!"

Ella se paró. "Tengo que irme. Te veré mañana, Jake. Pero no aquí, es como una pecera de un pez dorado. Te veré en *The Wild Board* en Lakin Road al mediodía. ¿Sabes dónde es esto?"

"Puedo encontrarlo. Soy un chico grande, ¿sabes?"

"No tengo dudas," dijo ella lascivamente, agregando apresuradamente en distinto tono, "Tienen su propia cerveza artesanal... vale la pena conocerla."

Él la acompañó hasta la puerta, donde docenas de cámaras inmortalizaron su visita. Desafortunadamente, estas fotografías, mostradas en los periódicos de la mañana siguiente, tendrían serias repercusiones para ambos.

La primera consecuencia vino de una llamada telefónica mordaz de Heather, quien había visto la fotografía en el periódico. Ella demandaba conocer ¿quién era 'la atractiva joven' fotografiada siendo 'acompañada afuera' por él? ¿Cuánto tiempo había estado ella allí? ¿Por qué? Y así sucesivamente hasta que Jake estalló y la acusó de celosa, instándola a calmarse y recordándole su lealtad intachable. Reflexionando, él sabía que merecía sus gritos, "¡Creo que protestas demasiado!" La llamada terminó con amargura, y Jake, malhumorado, sintió que lo habían malinterpretado y maltratado.

Esto fue desafortunado, dado que Liffi había hecho un esfuerzo extra con su apariencia, finalmente ella había encontrado tiempo para transformar su cabello lacio en una cascada rubia brillante y perfumada.

Así fue como la encontró él al día siguiente, sentada en el salón, a la hora señalada, el objeto de admiración de las miradas masculinas, bebiendo media pinta de cerveza de color ámbar intenso.

"Hola Jake," ella deslizó el vaso a través de la mesa, "prueba esto, mira si te gusta. Hay un chico llamado Alex, en realidad lo prepara aquí en el pub, aunque él y su padre se hicieron cargo de un viejo matadero y fundaron Slaughterhouse Brewery. Si no te gusta esta, hay muchas opciones."

Todavía cavilando sobre su llamada con Heather, hizo una comparación con Liffi. *He aquí ahora una mujer que comprende a un hombre,* pensó en el camino a la barra.

Regresó a su taburete con una pinta y media de la bebida espumosa.

"Qué considerado de tu parte," ella le brindó una sonrisa de dientes blancos. Le gustaban cada uno de sus dientes y la encontró particularmente atractiva esa mañana.

"Tenías razón en no encontrarnos en mi lugar de nuevo." Le contó acerca de los periódicos y la reacción de Heather. Se sintió desleal hablando acerca de su mujer en forma negativa, pero él necesitaba sacarlo fuera de su pecho, y un poco de simpatía no le vendría mal.

Lo que encontró en cambio fue solidaridad femenina. Liffi no era para nada tonta; ella deseaba a Jake más de lo que él sospechaba. De hecho, ¡él no debía sospechar nada hasta que hubiera caído! Hablando a favor de Heather y explicando cómo se debía haber sentido, ella esperaba ganar su confianza. Comenzaría siendo su confidente y las cosas seguirían su curso. "Entonces, debes llamarla y explicarle que nosotros estamos juntos en campaña... solo buenos amigos."

El ego de Jake no se calmaba tan fácilmente, pero siguió el juego. "Lo haré cuando haya terminado esta pinta. ¡un hombre tiene sus prioridades! ¿cierto?"

"Ese eres solo tú, desahogándote," murmuró ella, sonriendo en su cerveza.

Cuando él volvió de su llamada, ella se mostró ansiosa con él. "¿está todo bien?"

"¿Quién estaría casado?" dijo amargamente.

"Ella está celosa," dijo Jake, "sangrienta irrazonable. Le conté la situación, pero ella comenzó a decir que yo no sé nada acerca de las mujeres y que...oh, ¡no importa!"

Agarró su vaso vacío y caminó con dificultad hacia la barra. A ella se le escapó una sonrisa de tigre, que ella borró de su cara cuando el regresó y apuntó a su cerveza sin terminar. "¿Otra?" dijo con la boca, y ella asintió con una sonrisa. El apuesto compañero era considerado y sensible también. ella apreció que no hubiera ordenado simplemente otra sin preguntarle.

Al lado de la barra había una impresión de anticuario en un marco. Mientras el barman le acercaba su pinta, Jake lo estudiaba con interés. Era una impresión vintage sobre pergamino amarillo de 1748 y mostraba una libélula, su anatomía indicada con líneas y etiquetada con letras de cobre. Él estudiaba las líneas corriendo desde las etiquetas hacia la cabeza, el espacio entre los ojos, el vértice y el clípeo, antes de pasar por el protórax, pterotorax y el abdomen con cada segmento numerado. Cuando lo estudiaba intensamente, Jake comenzó a sentir vértigo, por lo que tuvo que agarrase del borde de la barra. El sentimiento se desvaneció tan pronto como vino. Él se preguntaba por qué la imagen de una libélula había tenido tal efecto y llevó sus cervezas a Liffi, sin pensar más en la breve sensación.

Cuando él alcanzo su mesa, preguntó, "Tu no, ¿*verdad?*"

La pregunta sin un sujeto o contexto la dejó confundida. "¿Yo no *qué?*"

"Creer en el matrimonio."

"Oh eso. Por supuesto que no. No soy cristiana. Te he dicho que soy neo-pagana. Yo creo en los viejos dioses."

"¿Como Odín y Thor?"

"¡Estamos en Inglaterra, no en Noruega, Jake! Mejor dicho, Woden, Thunor y Tiw."

"¡Ah Tiw!" él comenzó a contarle acerca del Valle del Caballo Rojo y por qué él había comenzado a interesarse en el asunto del fracking. Solo evitó mencionar sus habilidades paranormales por el momento. Ella escuchaba con gran interés, solo interrumpiendo para hacer algún comentario astuto. Cuando esto concernía a una Inglaterra Anglo-Sajona, él realmente sentía afinidad con ella. Una vez que él hubo terminado, ella compartió con él sus propios intereses y sensaciones.

"Tú sabes, hay momentos en que la gente habla y yo tengo la sensación de...oh, no sé, quería decir... *deja vu,* pero tampoco es eso. Más una sensación de haber vivido en otro tiempo, ¿tiene sentido?"

Jake se preguntó si debía confiarle sus habilidades retrocognitivas, pero decidió que no, limitándose a decir: "Perfectamente. Sabes, me recuerdas a una mujer sabia Anglo-Sajona."

Ella le dio una deliciosa carcajada que causó que algunos bebedores se giraran a mirarlos. No desconcertada en lo más mínimo, ella dijo. "Es una de las cosas más agradables..." pero entonces ella hizo una pausa, reflexionando, "...¿estás diciendo que piensas que soy una bruja?" Ella lo miró fijamente por encima de su copa.

"Solo en el mejor sentido posible," intentó ser galante. "¡Tu ciertamente me has hechizado, Liffi!"

Ella sonrió de nuevo. "¿Qué hay de tu pobre esposa? ¡Ella no aprobaría mis encantos!" Ella jugó deliberadamente con el doble sentido de su última palabra.

"Bueno, ¡ella no está aquí para aprobar o desaprobar!"

"¿La extrañas terriblemente?"

Él sabía cómo *debía* responder, pero lamentablemente dijo. "¡No en cierta compañía!" He intentó remediar esto cambiando de tema, "Cuéntame acerca de Tiw."

Ella le contó lo que sabía acerca del dios Anglo-Sajón de la guerra. Él estaba familiarizado con la mayoría de lo que ella decía, pero cuando ella comenzó a exponer sobre el carácter sagrado de la tierra, la llevó a la mitología que trata sobre el Crepúsculo de los Dioses. No se había interesado lo suficiente en este tema como para leer nada acerca de esto, entonces él la escuchaba con inquebrantable concentración. Gran parte de la leyenda le pareció pertinente a la era moderna. En su cabeza, comenzó a asociar el *Fimbulwinter,* la tierra se sumergió en un frio sin precedentes con el cambio climático y todo el *Rangnarök* su era de espadas y hachas, con un invierno nuclear. El veneno ponzoñoso de la poderosa serpiente, *Jormungand,* bien podría ser lluvia radioactiva. Ella describía la muerte terrible de varios dioses, Woden, Thunor y Tyr, el último que moriría en las garras del lobo Gran pero que mató a la bestia en su lucha. Así, Thunor derribó a la serpiente gigante con los golpes de su martillo, pero al hacerlo la serpiente lo cubrió con tanto veneno que fue incapaz de permanecer en pie por mucho tiempo; dio nueve pasos antes de caer muerto y agregar su sangre al ya saturado suelo del campo de batalla de Vigrid.

"Un cuento asombroso, Liffi. Gracias por relatármelo."

"Oh, no había terminado," dijo ella, sosteniendo su mirada prisionera. "Algunos dicen que es el final de la historia, de todas las historias, en realidad, que no quedará nada más que vacío. Pero yo no estoy de acuerdo." Una mirada lejana vino a sus ojos y su expresión fue arrebatada. "Un nuevo mundo, verde y hermoso, surgirá de las aguas. Vidar algunos otros dioses... Vali, Baldur, Hodr y los hijos de Thunor Modi y Magni... sobrevivirán a la caída del viejo mundo, y vivirán con júbilo en el nuevo. Un hombre y una mujer. Lif y Lifthrasir, se habrán escondido en un lugar llamado el 'Bosque de Hoddmimir'" ella empezó con los nombres, y le sonrió benignamente a él, con ojos centellantes, "y ahora saldrán y poblarán la exuberante tierra en la que se encontrarán." Ella sonrió nuevamente de manera hechizante y, no le dejó ninguna duda de a quien consideraba ella era Lifthrasir. No podría haber pasado por alto las implicaciones si hubiera querido porque sentía un dolor sordo y familiar en su frente. Consideró el significado de esto seguido por el pensamiento angustiado: *Mi Dios, ¡estamos destinados a estar juntos!* Ella estaba concluyendo, "Un nuevo sol, hijo del anterior, se levantará en el cielo. Y todo esto estará presidido por un nuevo, gobernante todo poderoso."

Jake se puso de pie, su cabeza daba vueltas, no por el efecto de las dos pintas de cerveza artesanal, que había observado que tenía un 4,8% de volumen de alcohol, pero a partir de sus palabras. El alcohol podía soportarlo, pero, lidiar con una embriagadora bruja, no estaba tan seguro.

DIECISIETE

Salieron a la acera donde Liffi deslizó su brazo por el de Jake y se apretó contra él. Él no hizo esfuerzos por evitarla, en todo caso, complacido por tener una hermosa mujer aferrada a él. El hábito de mirar a su alrededor para comprobar si había periodistas llamó su atención sobre una pareja uniformada que caminaba paralelo a ellos en el otro lado de la carretera. Pero la ausencia de periodistas hizo que no pensara en ellos cuando se cruzaron y los siguieron unos pasos atrás. Esto fue una lástima porque de repente, Jake y Liffi se vieron sorprendidos y conducidos por una fuerza superior a un callejón sombrío.

"¡Hey! ¿Qué piensas que están haciendo? Protestó dirigiéndose a la figura uniformada de verde con adornos dorados. Leyó una placa estampada con letras doradas: Seguridad M&M.

"es una pregunta que usted debe responderse por sí mismo, dado lo molesto que está nuestro empleador con usted, Señor Conley. Su interferencia ha borrado miles de libras de sus acciones, y muchas partes interesadas piden que se resuelva el problema."

"¿Cómo sabes mi nombre?" la pregunta fue inútil, y reconociendo esto, balbuceó, "Ustedes no tienen derecho. No son la policía."

El hombre, cuyas mangas se abultaban bajo la presión de sus bíceps lo miró como si fuera un bull terrier podía mirar a un perro salchicha problemático. "Le estoy diciendo que deje el tema de Envogas de una vez por todas, o podría salir gravemente herido... ambos." Él miró hacia su colega femenina quien estaba mirando a Liffi. Sus ojos se encontraron, y un imperceptible asentimiento del hombre activó un asalto coordinado.

Casi como gimnastas sincronizados, los dos trabajadores de seguridad tiraron a sus víctimas sobre el suelo, manteniéndolos entre sus piernas cruzadas sobre sus espaldas, cada uno agarró la muñeca de su oponente no entrenado, descruzó las piernas, se sentó, se inclinó sobre el brazo de la víctima y agarró su propia muñeca. En perfecta sincronía, se volvieron a costar sobre la otra cadera y levantaron el brazo de su indefenso adversario por detrás de su espalda. Liffi y Jake gritaron al mismo tiempo ante el dolor destellante de un hombro que se disloca de su cavidad. El pesado ex marine y su compañera saltaron, aun en perfecta coordinación.

"deje que le dé una pequeña advertencia amistosa, Señor Conley y Señorita Wyther. Esta, Etapa Uno, fue la más amable advertencia que sentimos que podemos darle. No necesita mucha imaginación para considerar cuánto daño pueden hacerle nuestras botas con puntera de acero, mientras ustedes yacen con sus hombros dislocados. Elegimos no entregarnos demasiado a la violencia porque somos gente razonable."

"Liffiestaba sollozando, pero Jake que había sido víctima de asaltos en ocasiones anteriores, a pesar del dolor, aceptó que se habían bajado a la ligera y estaba casi agradecido. El bruto continuó, "Escuchen, las dislocaciones deben ser tratadas inmediatamente. Voy a llamar a una ambulancia para ustedes. Quédense dónde están, y pronto estarán aquí y manténganse lejos de la policía si saben lo que es bueno para ustedes."

Jake lo escuchó llamar a la ambulancia y captó las palabras, "Esto es lo que he dicho ¿no? *Dos* hombros dislocados, un hombre y una mujer... si... no, no voy a darle otros detalles... ¡Vengan aquí ahora!" escucho los pasos dejando el callejón, un lugar de contenedores, gatos y ratas, sin dudas. *¡No podemos quedarnos aquí en este lugar insalubre!*

Jake se puso de pie tembloroso y mirando a Liffi que había metido su rostro en su codo y cuyos sollozos lo hacían arder por dentro. *¡este es el maldito Etherington, pagará por esto!* Gimiendo se puso de pie y apoyó su brazo inútil a nivel de la muñeca contra la parte interna del muslo. Moviéndose cautelosamente se inclinó y apartó el brazo de Liffi de su rostro. Su rímel estaba corrido, pero abrumado por la ternura, sus labios buscaron los de ella y se alegró cuando ella levantó su cara y respondió a su beso hambriento. Gentilmente la levantó con su único brazo hasta ponerla de pie, ambos gimieron, ya que la articulación se estaba volviendo más hinchada y dolorosa cada momento.

LIFFI PRESIONÓ su esbelta figura contra él, puso su cabeza en el pecho de él y murmuró valientemente, "casi valió la pena, Jake, por ese beso."

"¡Maldita seas muchacha, eso fue un poco empinado! Los besos vienen libres de dolor en mi parte del mundo." Dicho esto, acarició con su nariz su cabello rubio, largo, lacio y de aroma dulce, prodigándole besos en él. Una luz azul parpadeante brillo en el oscuro callejón, y Jake la llevó de la mano hacia unos de los sorprendidos tripulantes que los saludó. Los ojos muy separados en un rostro redondo de mejillas rubicundas le daban al paramédico un aspecto juvenil, aunque contrarrestado por la sospecha tan evidente que transmitía la mirada.

"Solo los hombros ¿no? Ustedes podrían haber llamado un taxi. ¿Por qué traer al servicio de emergencia?"

"Nosotros no los llamamos, nuestros atacantes lo hicieron."

"Extraña forma de ataque – hace pensar que los atacantes nos llamaran y se limitaran solo a lastimarle los hombros, quiero decir."

"Mira compañero, siento que hayas perdido tu tiempo, llamaré un taxi si quieres," Jake hizo un gran espectáculo palmeando los bolsillos con una sola mano mostrándose inútil para encontrar su celular.

"No es necesario sir. Ahora estamos aquí, y podemos lidiar con esto, es nuestro trabajo después de todo."

Los llevó a la ambulancia y ayudó primero a Liffi, y luego a Jake a entrar.

"¿Un ataque político, dice usted? ¡Oiga, si! Pienso que su cara me es familiar; vi sus fotos en el diario de hoy. Ustedes son la gente que está tratando de evitar que arruinen el campo. ¡Bien por ti, amigo! Estoy justo detrás de ti. Debes ir derecho a la policía tan pronto como los hayamos arreglado. Ahora, quítense las chaquetas."

"¿No deberías llevarnos a un doctor?"

"¿Por una dislocación? Es un juego de niños. Puedo manejar esto, no hay problema. ¡Lo haré en un santiamén!" expuso el hombro de Liffi, tomando una jeringa de un estuche, y tocándola la introdujo en su articulación. "Esto lo adormecerá, señorita. Volveré con usted en un segundo. Solo un pinchazo para usted también, sir." Tomó otra jeringa y repitió el procedimiento en Jake. "En los viejos días, solíamos masajear el musculo, pero es mucho más doloroso. La idea es la misma, relajarlo para que podamos colocar la articulación en su lugar." Él volvió sobre Liffi, levantó su brazo y puso la mano en su propio hombro y, con una hábil acción declaró que el hombro estaba en su lugar, "¡Oh, esto está mejor!" Dijo Liffi, con alivio en su rostro, "¡Si alguna vez me encuentro cara a cara con esa perra, le cambiaré el rostro!"

Jake sonrió y no dijo nada. No apostaría dinero en ese concurso en particular. Él miraba mientras el paramédico ponía el brazo de Liffi en un cabestrillo y lo ataba detrás de su cuello. "Solo para mantenerlo lo más quieto posible por tres días. Evita levantar cosas pesadas después de eso por seis semanas. Ningún deporte, señorita."

Con la misma competencia, trató a Jake, quien ofreció pagarle un trago a él y al conductor "...en el pub de aquí atrás."

"Quizá en otra ocasión, sir. Estamos trabajando, usted ve. Nos pueden llamar de cualquier lugar para una emergencia en cualquier momento después de haber informado esto. Y no estría bien que nos sorprendieran bebiendo cerveza mientras un pobre desgraciado lucha por su vida en un accidente de tráfico, ¿no es cierto?"

"Por supuesto, tiene razón, pero, mire, Lamento que lo hayan llamado por nuestra cuenta, pero estoy muy agradecido que hayan venido. No te lo tomes a mal. Pero espero que no nos volvamos a encontrar pronto – ¡a menos que sea en un pub!"

Con agradecimientos y despedidas, Jake y Liffi vieron salir a la ambulancia.

"¡Oye, coincidimos!" sonrió Liffi, apuntando a su cabestrillo.

"¡Si lo hacemos!" se rió y se quedó avergonzado. Su beso anterior lo estaba atormentando. Era la primera vez que le había sido infiel a Heather y eso le estaba molestando.

"Sé lo que estás pensando." Ella sonrió tan dulcemente que

su corazón se aceleró. "No puedes luchar contra eso, tu sabes, Jake. Son las Normas, lo han tejido de esa manera."

"¡No soy un maldito pagano, Liffi! Me casé en una ceremonia cristiana en una iglesia, y Heather no ha hecho nada para merecer..." Las atronadoras ruedas de un enorme camión ahogaron el resto de la frase. El aire que desplazó a su paso hizo que el cabello de Liffi se cruzara por su rostro, y ella lo apartó con un gesto encantador que le hizo más difícil que nunca no admirarla. Pero el sintió que no podía traicionar a su esposa y sin embargo respondió apasionadamente a la memoria de los cálidos labios rojos, tan llenos en él. Él era de carne y hueso y un hombre solo podía soportar tanta tentación. Se maldijo a si mismo mientras caminaban – él se atormentaba, ella triunfaba.

A sugerencia de ella, pararon en una casa de té. Una taza de té fuerte era exactamente lo que ellos necesitaban para calmar sus nervios destrozados. La gente se los quedó mirando porque una pareja ambos con sus brazos en cabestrillo no se ve a diario. También, que vino a estrechar su mano buena dijo, "Ustedes son la pareja que peleaban con la compañía de gas, ¿no? Yo quisiera agradecerles en nombre de mi familia y... bueno... de todos realmente."

"Este es el precio que estamos pagando por nuestros problemas:" Dijo Jake bajando la mirada al cabestrillo.

"Oh, oiga, fuerza e intimidación, ¿no? Si yo fuera usted iría directo a la policía."

"¿Piensas que es lo correcto, Liffi?" preguntó Jake cuando el hombre se hubo alejado.

"¡Maldita sea! Escuchaste lo que dijo el matón. Eso solo los provocaría más y yo no quiero sentir su bota de puntera de acero haciendo crujir mis costillas."

"¡Buen punto!"

"Si, de todos modos, no serviría de nada."

"¿Por qué, eso?"

"Porque idiotas como Tommy Etherington pueden llamar a una vasta de red de viejos muchachos, Jake. Eres muy ingenuo algunas veces. El superintendente de policía de este condado probablemente frecuenta los mismos clubs. O quizá él y el bastardo de corazón negro vayan juntos a Eton."

Jake la miró horrorizado. ¡Liffi eres una teórica conspirativa! ¿No tienes fe en la ley?"

"Maldita sea muchacho," dijo con un acento de Lancashire reforzado. "Deberías conocer a mi amigo Matthew y descubrir cuál es el juego de la justicia en esta tierra."

"Entonces, ¿estás diciendo que dejemos que el asunto pase?"

"Nuestra pequeña charla en el callejón, sí. ¡El Maldito UCG, no!"

"Pero si seguimos luchando contra esto, vendrán contra nosotros de todos modos."

"Tendremos que ser más astutos, entonces." Sus ojos brillaban con determinación, y él la admiró nuevamente.

"Será mejor que establezcamos algún tipo de plan."

"Nuestro plan es luchar contra los científicos, Jake, y detener el Fimbulwinter de apoderarse del planeta, lo más que se pueda, ¡aunque inevitablemente – el invierno está llegando! Tenemos que pelear esto *juntos* Jake, este es nuestro destino."

Frunció el ceño, buscó en un bolsillo, y sacó un billete de cinco libras, y lo arrojó en la mesa. Se puso de pie, empujando su silla hacia atrás, mirándola. "No lo es, ¡maldita sea!" gruñó. "Debe cubrir esto." Dijo señalando el billete. "Tú estás fuera de mi vida, ¿entiendes?" Siseó y frunció el ceño de nuevo cuando ella le devolvió una sonrisa burlona.

Salió furioso del salón de té, cruzó la calle y desapareció en el parque. Donde encontró un banco vacío bajo un altísimo tilo, donde se sentó y se dio cuenta que estaba temblando con ira reprimida. ¿era una reacción retardada del asalto? ¿O mejor, rabia contra sí mismo por decepcionar a Heather, por el bien de su sentido del juego limpio hacia ella? ¿O era la ira que subyacía a la certeza de la sonrisa burlona? La presunción de la mujer lo había dejado en el camino equivocado, deseó por un momento poder compartir la auto-confianza de Liffi. Dudaba de su habilidad para mantener su superioridad moral cuando el mero pensamiento de la hermosa tentadora lo hizo deslizarse cuesta abajo en el pantano.

UNA PERSONA profundamente introspectiva y privada, Jake, sentado en un banco en el parque en reflexión. Se había comportado como un tonto adolescente lanzándole el billete a Liffi, ahora necesitaba comprender, qué lo había impulsado en ese momento. Ser muy leído significaba que cada vez que necesitaba cuestionarse a sí mismo, se refería a los autores de novelas clásicas. Ellos le daban un punto de referencia en medio de sus incertidumbres. en esta ocasión, Dostoievski, vino a su mente, cuyo profundo conocimiento de la naturaleza humana siempre había admirado y aprovechado. Pensó en los *Hermanos Karamazov* y específicamente en el personaje de Alyosha, la encarnación de la fuerza metafísica del amor: uno que observaba todo, pero no juzgaba nada. Él vivía en un mundo de pecado, pero no sucumbía a él. El veía el sufrimiento, pero sostenía que podría superarlo si hacía su parte. El episodio en el libro donde el hombre pobre enterró el dinero de Alyosha en el suelo con su talón le vino a la mente- dinero que de otro modo hubiera cambiado las miserables vidas de los miembros de su familia.

ALYOSHA SE DIO CUENTA QUE, hasta último momento, aun cuando él mismo no sabía que iba a hacer lo que hizo y que estaba genuinamente complacido y agradecido de ser capaz de darle a su familia una vida mejor. Pero se dio cuenta que había mostrado plenamente su deleite, lo que lo dejó riendo y llorando en frente de Alyosha, cuando le dijo cuanto impacto había tenido un acto tan simple en su vida. Con que, él estaba mortificado.

Exponiéndose a si mismo de esta forma, había renunciado a su orgullo, revelando todas sus vulnerabilidades, y una vez que se dio cuenta de ello, se sintió abrumado por tanta vergüenza que ni siquiera pudo aceptar el amor y la amabilidad que le estaban ofreciendo. En cambio, en ligar de aliviar el sufrimiento de su familia con el regalo, eligió odiar a Alyosha, fastidiarlo, como una forma de distraerse de la desnudez que había descubierto frente a él. En enterró las monedas en el suelo con su talón.

Jake suspiró, ¿estaba haciendo algo similarmente estúpido con Liffi? Quizás no estuviera listo para aceptar su amor. Él, como el pobre hombre de Dostoievski, se sentía vulnerable y avergonzado y, si, incluso orgulloso, cuando el riesgo no era más que un simple caso de pérdida de autoestima. Peor aún, esta vulnerabilidad le impedía dar amor. Se dio cuenta que en su propio caso había diferencias fundamentales, pero permanecía una verdad esencial: él necesitaba encontrar el coraje para mirar más allá de las vulnerabilidades que permanecían en su camino.

Suspiró y fue consiente una vez más del mundo del parque alrededor de él. Él miraba una libélula que pasaba volando, girando como un soldado en su ritmo antes de repetir su curso una y otra vez. No podía ser una coincidencia que él observara la rara criatura después de admirar la antigua impresión de la libélula en el pub, y fascinado con este insecto llamativo con sus alas veteadas de telaraña. Mirándola vino a su mente un álbum que su padre reproducía regularmente cuando era joven llamado *Libélula* de un grupo llamado The Strawbs, y ahora la canción principal pasaba por su mente con insistencia, hasta que comenzó a cantarla en voz alta, después de asegurarse que nadie estuviera cerca de él en el parque. *Una libélula apareció, la trajo el viento del norte...*siguió tarareando porque no podía recordar las palabras, solo la hermosa melodía cadenciosa. La banda tenía al brillante Rick Wakeman en el teclado, él recordaba eso, y prometió que se compraría el CD. Para ese momento, él no podía saber que profundo efecto tendría esta especie de insectos en su vida, pero con su extraño cerebro, él presentía un sentimiento de incalculable significado en la lejanía.

Mirando más allá de la libélula, vio un mirlo tirando de un gusano en el césped en frente de él y teniendo éxito en su tarea, el también lograría arreglar sus relaciones. Incapaz de arreglar las cosas con Liffi hoy, decidió que mañana podría ser una historia diferente. Una vez que había pensado las cosas a su satisfacción, como es este caso, Jake tenía la considerable virtud de ser lo suficiente flexible mentalmente para cambiar su conducta. De pie con renovada energía, se encaminó a su hospedaje y decidido a evadir a la prensa como antes entró por la puerta de atrás de su edificio. Él profundizaría más su pensamiento en la comodidad de su hogar. Tanto Heather como Liffi merecían que se les presentara una versión inequívoca de sí mismo. Para conseguir esto, necesitaba recuperar equilibrio mental.

DIECIOCHO

LA CABEZA SE JAKE SE SENTÍA CONO SU FUERA A EXPLOTAR en cualquier momento. Él y Heather habían estado tan bien juntos, nunca un cruce de palabras, algunas veces alguna fuerte diferencia de opinión en algún tema, pero que era usualmente resuelta en un par de días. Esto era diferente, ya que, con intuición femenina, Heather había sentido que la cabeza de su marido había girado por la atractiva extraña que había implosionado en su vida. Sus llamadas telefónicas habían sido agudas y cortas, con su esposa mostrando un rasgo hasta ahora oculto de sus celos. Él sentía que no había hecho nada para merecer esta reacción y estas acusaciones.

Sin embargo, si fuera honesto consigo mismo, después del intercambio de besos apasionados con Liffi, habría dado sustento para los temores de su esposa.

Se sentó, triste como un perro, en el sillón, buscando ir más allá de su introspección en el banco del parque, para desenmarañar todas las emociones involucradas, no solo las propias, para poder someterlas a un análisis racional. Comenzó con lo que consideraba una lista pueril de pros y contras en su cabeza. ¿Debería molestarse si comenzaba con Liffi? Enojado, hizo a un lado los pensamientos sobre la rubia burbujeante; Heather era rubia también, pero difícilmente vivaz. Ella era excepcionalmente bella, él siempre pensaba esto, estable, confiable, positiva – al menos hasta que empezaron los celos. ¿Qué los había provocado? Todo lo dicho y hecho, solo una fotografía en el periódico matutino. Ella había confundido sus expresiones furtivas deseosas de evadir a la prensa, ¿con la sigilosa actitud clandestina de los amantes? Cualquiera fuera el caso, había transformado a su dulce novia en una bruja caustica, y eso no le gustaba.

Por otro lado, estaba Liffi, efervescente, magnética y poseedora de una intensa mirada azul que hacía a su corazón palpitar. Ella era rubia también, su color preferido, y su presencia era como un vórtice, atrayéndolo a su dulce turbulencia. ¿Estaba enamorado de ella? ¿Podía un hombre amar a dos mujeres al mismo tiempo? Una semana atrás, hubiera refutado la idea acaloradamente. ¿Qué le disgustaba de ella? No le gustaba su acento de Lancashire; el discurso de Heather era más sofisticado - ¿pero que importaba eso? Las certezas de Liffi lo irritaban, derivadas de su convicción que sus acciones estaban predeterminadas por el destino. Jake era un librepensador comprometido que quería tomar sus propias decisiones. La visión neo-pagana de Liffi no les daba importancia a los votos matrimoniales- pero para él, los votos debían ser sacrosantos. ¿Por qué estaba vacilando? Él nunca se hubiera pensado a sí mismo como moralmente débil.

Intentó remover a ambas de sus pensamientos. Si pudiera encontrar la paz interior, podría saber qué hacer. Apoyando su cabeza en el respaldo de tapizado aterciopelado, cerró sus ojos y se forzó a sí mismo a un vacío mental. Lo intentó por un momento, pero de repente una imagen de un vidente Anglo-Sajón, tan vívido que lo sorprendió, lo miró con tanta claridad como si estuviera frente a él. No se atrevía a abrir los ojos por temor a perder la imagen. La cara arrugada rompió en una gomosa sonrisa de dientes desgarrados. Pero lo que lo cautivó fueron sus magnéticos ojos azules. Exactamente como en las modernas técnicas de superposición, usando el desvanecimiento, la imagen era reemplazada por la cara de Liffi. La piel inmaculada reemplazó a las arrugas, la boca fue reemplazada con dientes blancos y uniformes – ¡solo los ojos permanecían siendo los mismos! Ellos lo mantenían en dos charcos de azul intensidad; ¡eran los mismos ojos! Gritó de miedo y miró alrededor a la tranquilizadora y familiar habitación, su corazón latía salvajemente comenzando a lentificar su ritmo. ¿Qué significaba esto? Él generalmente creía que los ojos eran las ventanas del alma. ¿Compartían la mujer astuta del siglo VI y la protestante ecológica del siglo XXI la misma persona y alma?

Ante este pensamiento, comenzó el dolor sordo en su frente. Se puso de pie y se acercó a la ventana pata mirar al jardín. En ese momento, quería estar de regreso en York con Heather a su lado y olvidar todo acerca del Valle del Caballo Rojo para siempre. Un movimiento repentino en la puerta capturó su mirada desenfocada, ¡vio el triángulo blanco del cabestrillo de Liffi – oh no! Ella desharía su ben trabajo de estacionar su auto dos calles más lejos y escabulléndose sin ser visto por la puerta trasera. La prensa la bombardearía con preguntas acerca de su brazo y averiguarían que había sucedido, algo que él quería evitar a toda costa.

Tomó su celular y la llamó. La vio disculparse ante Ellen, la periodista canalla, y acercarse el teléfono a su oreja.

"Liffi, no les digas del ataque! Di que acabas de recibir una llamada urgente y tienes que ir a una reunión en el pueblo, lo que es cierto; nos encontraremos en el mismo lugar de ayer en una hora. ¡Ve!" Cortó la llamada y la vio mirar a su teléfono y luego a la casa. Para su alivio, la vio decirle dos palabras a Ellen y luego levantar una mano antes de marcharse a través de la entrada. Todo lo que tenía que hacer ahora era salir por la puerta trasera y escabullirse sin ser visto. No debía ser difícil ya que permanecían solo tres periodistas asiduos en el jardín desde las noticias de Jake Conley se había vuelto rancio.

Se escapó según lo planeado, y en lugar de dirigirse a *The Wild Board* porque no quería llegar temprano, entró en el parque donde se había sentado la tarde anterior, sintió su hombro; todavía le dolía al tacto, pero por lo demás no era molesto. El nudo del cabestrillo detrás de su cuello se había aflojado bajo el peso de su brazo y frustró todos sus torpes intentos de deshacerlo con una sola mano. Resignado a mantener el cabestrillo hasta retornar a casa, donde lo cortaría para liberarlo, retornó a la razón por la que había entrado al parque- para clarificar sus ideas confusas una vez más antes de encontrarse con Liffi.

Si no estaba enamorado de ella, ¿por qué le había dado un vuelco el corazón cuando la vio en la puerta? La había dejado ayer diciéndole que la quería fuera de su vida. ¿Era tan voluble? Fue un alivio para él verla pronto, aunque esto no dejaba en claro dónde dejaba esto su relación con Heather. Estaba seguro que Liffi se entregaría a él y, al pensarlo sintió un cosquilleo en los huesos. Ella era indiscutiblemente bella y, como hombre, le gustaba ella, pero como esposo fiel detestaba este anhelo. Odiando ser tan parecido a Hamlet, se puso de pie y caminó con determinación para contarle a Liffi sus pensamientos.

Ella lo escuchó, bebiendo la excelente cerveza, su mirada magnética nunca abandonó sus ojos, reflejando la sonrisa burlona que exasperadamente iba y venía. Tenazmente, él repitió los pensamientos exactos del banco del parque. Cuando terminó, ella dijo, "Pobre Jake, te atormentas a ti mismo por nada. ¿No te das cuenta que no puedes ir contra el destino?"

"¡Tonterías!" Él usó esta palabra por primera vez en su vida, y le sonó extraña en sus oídos, pero era la palabra precisa que él necesitaba. "No podrás convencerme con ese argumento, Liffi. Igualmente, puedo decirte que mi destino es estar con Heather. De hecho, yo elegí casarme con ella, ¿no? Esto es lo que me está destrozando. No puedo aceptar que un hombre ame a dos mujeres a la vez."

"¿Por qué no? Los viejos dioses no eran monógamos."

"¡Liffi! ¿estás diciendo que eres incapaz de tener celos? ¿Me compartirías si reparo?"

"No soy una persona celosa." Retornó la sonrisa burlona, y sus ojos se unieron. "Verás, resulta que creo que no hay elección involucrada. Inevitablemente, tendré tu amor indiviso de todas formas.

Gæð a wyrd swa hio scel

Sorprendido, no – más que esto- atónito, la miró a ella. "¿Qué es lo que dices?

¿Eso es inglés antiguo?"

Ella se rió, y luego sonrió con lástima. "Si, es de un poema llamado *The Wanderer* y quiere decir ¡*El destino va siempre como ella*! En el poema, el destino es irreprimible e implacable. Ella- porque los Norns eran mujeres- arrebataban a los condes de las joyas de la vida, y *la mente cansada del hombre no puede resistirla* porque sus decretos *cambian todo el mundo debajo de los cielos*."

Él la miró con una mezcla de admiración y aversión. Él sabía que esta rubia inteligente estaba haciendo; ella le estaba mostrando su erudición en un tema que lo fascinaba- astuta- y ella lo había hecho de nuevo, esa confianza engreída- casi presumida.

"Tienes mucha confianza. ¿Y si aparece Heather y no ve las cosas a tu manera?"

"Pase lo que pase, pasa, Jake. Es solo que no puedes verlo. Mira, ayer dijiste que no querías verme de nuevo- ¡y ahora, estás aquí! ¿Por qué no dejas de atormentarte y simplemente vives el momento?"

"¿Es así? ¿El camino a seguir? Puedo estar de acuerdo con esto, siempre que tengamos un sentido de dirección." Ella enredó su pelo alrededor de un dedo y levantó su vaso lentamente, sus ojos perforando los suyos. Era un momento delicado, y ella tendría que manejarlo bien. Tomando un sorbo de cerveza, ella simplemente levantó una ceja.

Jake entendió que tenía que explicar, como ella pretendía. "Quiero decir, Ellen la periodista desaliñada, ¿te preguntó por tu brazo?"

"Lo hizo, pero tu llamada llegó a tiempo. Le dije que me lo había hecho en el gimnasio, disculpándome porque no tenía tiempo para una explicación porque tenía una reunión importante- supongo que se lo habría dicho si no me hubieras llamado."

Él la miró pensativa. "Es eso, ya ves, a menos que actuemos de acuerdo, nos exponemos al peligro. No hacer nada no es una opción, no si queremos detener al caballero negro."

Ella se rio. "¿Es así como llamas a Etherington? Qué apto. Entonces, ¿Qué es lo que propones?"

"¿No lo llamaste corazón negro? Debe haberse quedado en mi mente. Como yo lo veo, el gobierno ha puesto la autoridad del estado detrás de la industria del fracking, lo que significa que Etherington cree que UCG es más factible en Warwickshire. Detener cualquier boca de pozo será muy difícil bajo estas circunstancias, pero está claro que mis intentos para crear conciencia en la comunidad lo hicieron correr asustado; de otro modo, no habría recurrido a la intimidación." Jake había bajado su voz y sus miradas nerviosas le dijeron que tenía miedo de ser escuchado.

"Es cierto, nuestros dos atacantes no estaban en el pub, y no pude ver ningún hombre parecido a un gorila sin uniforme. Tienes razón, sin embargo, la resistencia comunitaria es el único modo práctico de detener el fracking. ¿Sabías que hay doscientas comunidades anti-fracking en el Reino Unido?"

Él admitió que no, pero podía entender por qué podría ser.

"La gente quiere seguir disfrutando de los beneficios adquiridos a expensas de una enorme huella de carbono, pero pocos están interesados cuando se enfrentan con el fracking en su umbral," Liffi continuaba, convirtiendo su sonrisa burlona en una mueca de desprecio.

"Me sorprende que no haya habido una protesta pública después que *The Independent* revelara los planes que les di, sobre la extracción de metano en las capas de carbón de Envogas." Dijo Jake.

"No deberías estarlo. Las personas pueden indignarse momentáneamente cuando leen un artículo, pero vivimos en una época en la que la participación personal es una rareza. La mayoría de las personas solo tomará acción cuando sus propios intereses egoístas estén amenazados- en eso tu y yo somos tan raros como moscas blancas, Jake. Es lo que nos hace peligrosos para el caballero negro."

Él sonrió a su aceptación del apodo y asintió con la cabeza. Sabía en el fondo por qué era una fiesta desinteresada- *mi cerebro es distinto de otros*. Esta conversación lo llevó a creer que no podía darse la vuelta y alejarse, aún ante el riesgo de salir lastimado. "Tenemos que hacer que la comunidad esté al tanto de la amenaza de su estilo de vida presente para crear resistencia efectiva. Necesitamos usar todos los medios disponibles para decirles a todos."

Ellos intentaban establecer un orden de prioridad en la lista que habían creado: reuniones públicas, folletos, campañas en los medios sociales, proyecciones de películas, posters, banners, distintivos, puntos de información y conectando con los grupos de vecinos.

Liffi era practica y apuntaba hacia la necesidad de un fondo de lucha, lo que inició una segunda conversación acerca de las actividades para recaudar dinero. Esto concluyó con la idea de rentar una oficina para usar como cuartel central de campaña.

Para una persona normal, recaudar fondos es una tarea verdaderamente difícil, pero Jake no tenía escrúpulos con respecto al uso de sus poderes de vinculación mental. Él consideraba que salvaguardar un área de excepcional belleza natural era suficiente justificación para imponer su voluntad a los ricos e influyentes. Además de amasar una fortuna en un corto período de tiempo, Jake también impuso el secreto a sus colaboradores. No se hacía muchas ilusiones porque muchos pertenecían a la red de contactos de Etherington y no quería que el baronet sospechara lo que estaba haciendo. La falta de intimidación física en las tres semanas que habían pasado elevaron su balance bancario a alturas vertiginosas que le decían que había tenido éxito.

Eligieron un local adecuado para el cuartel central en el centro de la ciudad. Un sitio de primera era caro, pero el dinero no era un problema. El éxito de su persuasión no parecía sorprender a Liffi, así que le preguntó directamente.

"No pareces sorprendida en absoluto por el éxito de mi recaudación de dinero."

"¿Sorprendida? No, yo sé cómo lo haces."

"¿Lo haces?"

Ella se deslizó bien cerca de él y llevó un dedo a su frente. Se dio cuenta con un sobresalto que ella nunca antes había mencionado su símbolo valknut. "Woden ata las mentes a través tuyo, ¡y aun no aceptas tu destino, Jake Conley!" Luego le plantó un beso en sus labios. Él no pudo empujarla porque sucumbió a la urgencia de probar su lengua. La envolvió con sus brazos y la mantuvo apretada. Esta vez ella se liberó y fingió repentina frialdad. Liffi sabía cómo jugar con sus emociones y estaba determinada a capturarlo usando sus tácticas pacientes. "Hay mucho que hacer," dijo ella, "¡no tenemos tiempo para esto! De todos modos, ¿no dijiste que tu Heather vendrá a Warwick este fin de semana?"

Al principio abatido, angustiado por su reacción, Jake se recuperó cuando el sentido común volvió a calmar sus emociones turbulentas, e ignoró su pregunta acerca de Heather.

"Tienes razón. Hay mucho que hacer. Pienso que debemos comprar un gran cartel iluminado para arriba de la ventana. Todos deberían saber dónde estamos y de qué se trata. Pienso que deberíamos registrarnos como *La Fundación del Caballo Rojo,* y nuestro signo podría ser una versión en rojo del famoso Caballo Blanco de Uffington, ¿Qué piensas?"

Ella lo miró con indiscutible afecto y admiración, "Gran idea, Jake, esto captura el espíritu local y tiene un vínculo inmediato con la Tierra."

"¡Conseguiré un artista para trabajar en un logo, y podremos producir distintivos, camisetas, posters con cualquier temática...! ¡Estamos casi listos para irnos!"

"¿Jake?"

"¿Si?"

"Solo una cosa, ¿piensas que puedes usar tus poderes para atar la mente en M&M?"

"¿M&M?"

"Tú sabes, la compañía privada militar y de seguridad cuyos matones dislocaron nuestros hombros. Han estado en mi mente por un tiempo, y sigo mirando por encima de mi hombro cada vez que estoy fuera. Fue un gran alivio deshacerme de ese cabestrillo y no quiero pasar por ese dolor nunca más. Pienso, bueno, en lugar de contratar guardaespaldas, sería mejor si tu *persuadieras* a la compañía de no actuar contra nosotros. Entonces, seríamos capaces de conducir nuestra campaña en seguridad."

"¡Brillante! Tienes razón de estar preocupada, por supuesto, así que me ocuparé de eso de inmediato. Tu sabes, pensé en aplicar mis poderes en Etherington directamente, pero no tiene sentido porque sus planes van más allá de los proyectos de un solo hombre. Removerlo a él y otro y entonces otro más tomará su lugar. Nuestra campaña es importante para salvaguardar la seguridad del Valle directamente hacia el futuro."

DIECINUEVE

Warwick 2020 AD

Las oficinas de M&M Seguridad hicieron sentir a Jake de todo menos seguro. En primer lugar, estaban discretamente localizados en una posición modesta en una calle lateral con una fachada poco atractiva con un pequeño letrero de latón, que más que llamar la atención, tenía que ser buscado. Una vez dentro del edificio, todo se transformaba en opulencia como por arte de magia. La recepcionista, una pelirroja bien arreglada y majestuosa, lo recibió con un aire pulido de competencia y deferencia. Jake, consideró esta fachada como la calma antes de la tormenta, por lo que no se sorprendió cuando su sonrisa fija se desvaneció y su expresión cambio a ansiedad cuando ella llamó al jefe ejecutivo con el que él había pedido reunirse.

"Usualmente hay que hacer una cita previamente para ver al Coronel McVie, Señor Conley, pero en esta ocasión, está preparado para evadir formalidades. ¿Puede acompañarme, sir?"

Ella lo llevó a un ascensor cuya puerta de acero se deslizó abriéndose con un silbido. Ella presionó el botón marcado con un 2, y ellos fueron elevados en un instante. Con el aroma agridulce de su perfume haciendo que sus sentidos tambalearan, Jake siguió a la alta recepcionista a lo largo de una lujosa alfombra de color burdeos, junto a obras de arte originales que le hubiera gustado admirar si la ocasión se lo hubiera permitido.

Ella golpeó la puerta gentilmente y con una casi imperceptible reverencia, tan graciosa como sus otros movimientos, lo introdujo en el santuario del estudio del coronel.

"El Señor Conley, sir."

El epítome de la idea de Jake para un hombre luchador, excepto por su buen traje de lana hecho a medida y corbata azul lisa sencilla, la alta y esbelta figura se levantó, extendió una mano y estrechó la de Jake con un agarre agradable y firme. No había rastros de hostilidad en el apretón de manos, y los ojos verdes bajo cejas tupidas de color arena daban la bienvenida.

"Por favor siéntese, Señor Conley, ¿Café?... Dos cafés si usted fuera tan amable, Señorita Clarke. Ahora," su tono era enérgico y neutral, "¿en qué podemos servirlo?"

"Es un asunto bastante delicado, Coronel."

"Me temo que usualmente lo es, en nuestra línea de trabajo." La carcajada fue baja y sofisticada.

"Es más bien lo que *no podrías hacer* por mí. No soy tan ingenuo para suponer que mi nombre es desconocido para usted, Coronel." Jake observó las cejas pobladas juntarse en un ceño fruncido de concentración antes de agregar, "Permítame ayudarlo. ¿Sir Thomas Etherington, Envogas?"

McVie pasó su mano sobre su cabello color arena en un gesto normalmente usado para alisar las hebras rebeldes, pero él tenía el corte severo de un marine lo que hacía la acción irrelevante. Probablemente lo había hecho para dar la impresión de una gran concentración.

"Ah, por supuesto, Conley. Leí acerca de su campaña contra el fracking. Pensé que el rostro me era familiar."

"Entonces, usted sabrá que dos de sus empleados nos atacaron a mi colega y a mí, tres semanas atrás." El soldado formado mantenía su exterior imperturbable, limitándose al más mínimo ceño fruncido.

"Mi querido sir, esta es una acusación muy seria y una sin pruebas si se me permite decirlo."

"¿Qué quiere decir?"

"En primer lugar, los empleados de M&M están entrenados para hacer cumplir la ley y respetar el bienestar de los ciudadanos privados. ¡En segundo lugar, si lo hubieran atacado, son tan eficientes, que difícilmente creo que estaría sentado aquí en un estado tan evidente de excelente conservación!" Él expuso una excelente dentadura, un anuncio de odontología de excelente calidad.

Con el café consumido, su estándar tan alto como todo lo demás en el edificio, Jake decidió que era hora de detener esta esgrima.

"Gracias por el excelente café. Pero llegaré al grano." Él miró fijamente al Coronel McVie con su mirada más intimidante y se complació de obtener su primera reacción. El militar miraba confundido, y su frente glacial, como un témpano de hielo que se desprende y se desliza lentamente en el océano, se escurrió.

Su perfecta enunciación de escuela pública también vaciló. "Y-yo sé, viejo, ¿no intentarás hipnotizarme, ¿no? No funcionará en mí"

"Escucha, me mandaste los matones, y uno de ellos dislocó mi hombro como una advertencia preliminar. Pero debes saber, que yo detendré a Etherington y su despojo del campo, y *nadie* va a detenerme en mi camino." Su mirada perforaba los ojos de McVie, dos sondas implacables que adormecían toda resistencia. "Ordenará a cualquiera de sus empleados que no me molesten a mí o a cualquiera asociado con mis actividades, ¿Está entendido?"

Desconcertado, el hombre acostumbrado a dar órdenes no a recibirlas asintió con la cabeza. Él miraba a Jake como si fuera un extraterrestre y graznó, "Lo que usted diga, sir." Luego miró alrededor de la habitación con incredulidad, como si buscara una explicación extraña para su propio comportamiento. Irónicamente, Jake lo vio colocar un dedo por debajo del cuello de la camisa y tirar de la prenda hacia adelante como si necesitara más aire para su tráquea restringida. Se paró. "Gracias por el café y su charla agradable, Coronel. Terminamos aquí, así que buscaré la salida yo mismo."

Él volvió a la recepción, sonriendo a la recepcionista, fijó en ella la misma mirada y dijo, "Las instrucciones del Coronel son que en ningún caso recibirá llamadas de Sir Thomas Etherington o cualquiera de Envogas; ¿entendido, Señorita Clarke?"

La pelirroja tragó saliva, y preocupada por este enfoque poco ortodoxo, dijo, "Por supuesto, sir, ¿eso será todo?"

"Será y gracias por el excelente café, por cierto."

Jake dejó el edificio con el espíritu en alto; sus poderes de mente vinculante le hacían la vida mucho más fácil. Miró su reloj y alargó su paso ya que tenía cuarenta u cinco minutos para alcanzar la estación de Warwick- tiempo suficiente. Había solo media milla desde el centro de la ciudad, por lo que una rápida caminata lo llevaría hasta allí mucho antes que llegara el tren de Heather. La última vez que habían hablado, ella había estado irrazonablemente celosa, sarcástica y fría, por lo que él estaba un más que un poco ansioso acerca de su encuentro. Cortó camino a través de Priory Park para emerger hacia la puerta de Station Road. Allí leyó una pizarra de información que explicaba el nombre del parque. La información histórica siempre llamaba su atención, y no pudo resistirse a buscar la explicación de por qué no había visto ruinas de un priorato. Resultó que fue porque el edificio del siglo XII dedicado al Santo Sepulcro había sido disuelto por Henry VIII y luego destruido a favor de una casa residencial en 1566. Curiosamente, en 1926 un diplomático estadounidense y su esposa salvaron Priory House de la demolición al desmantelarlo y enviarlo a Richmond, Virginia, donde todavía es mantenido por una sociedad histórica.

Reforzado en el conocimiento de por qué no había edificios en el frondoso parque, Jake continuó con un salto en su paso hacia la estación. El edificio achaparrado de ladrillo rojo, con sus herrajes pintados en azul real haciendo juego con los bolardos de hierro espaciados regularmente que se encontraban en el edificio como centinelas inmóviles, tenía un cartel sobre la entrada con las palabras *Bienvenido a Warwick* en negro sobre fondo blanco. Jake hizo su camino hacia la plataforma uno para esperar el eminente arribo del tren de Heather desde Birmingham. La anticipación que siempre sentía cuando la veía después de una ausencia era diferente esta vez porque estaba teñida de ansiedad. ¿Qué tipo de saludo le tendría reservado: amoroso, amigable, frío o francamente hostil? Después de diez minutos de espera, distinguió su cabello rubio entre la gente que bajaba del segundo vagón. Ella llevaba una bolsa de viaje que Jake tomó. "Te ves bien," dijo él, dándole un beso en la mejilla. Su tono era neutral.

"Qué molestia, tuve que cambiar de tren en Birmingham, desde New Street hacia Moor Street. Fue una tontería ridícula. Elegí el tren equivocado. Con una mejor planificación puedes llegar aquí con un solo cambio en New Street; lo sabré para otra vez."

Ella optó por una caminata al centro de la ciudad, más que tomar un taxi. Por lo que Jake volvió sobre sus pasos a través del parque, pero sus intentos de conversar fueron recibidos con respuestas monosilábicas cortantes y, en ocasiones por silencio. Hasta que exasperado, se detuvo y rompió, "¿Qué pasa contigo? ¿Estás malhumorada? ¿He caído en desgracia?"

"Tú sabes muy bien cuál es el hecho. ¿Te has acostado con ella?"

Jake se sonrojó y miró a su mujer. "¡No seas ridícula!"

"No estoy siendo ridícula. ¿Qué está pasando con *esa* mujer?"

"Esa mujer, como tú la llamas, tiene un nombre; es Liffi, por cierto, y ella me está ayudando a llevar a cabo una campaña para salvaguardar el adorable campo aquí alrededor."

"Espero que ella sea una experta en calles sombreadas y arboledas pobladas."

"Heather, ¿Qué se supone que significa eso?"

"¿Te has acostado con ella o no?"

"¿No me crees?" Él estaba de pie con una expresión tan avergonzada que ella casi lamentó su agresión, pero ella era la parte ofendida. "Bueno, ¿por qué no respondes la pregunta?"

"No, por supuesto. No me he *acostado* con ella y no nos metamos con las palabras, Heather. Se precisa y no dejes lugar a la ambigüedad, no, no la he follado."

"No necesitas se tan crudo."

"Todo lo necesario," frunció el ceño. "No entiendes que te amo..."

Ella dio medio paso adelante, él dejó caer su bolso al suelo y la tomó en sus brazos. Sus bocas se encontraron hambrientas, y él sintió que la tensión se iba de su cuerpo mientras ella cedía a su abrazo. Cuando se liberó del beso, estaba sonriendo y su corazón rebosaba de alegría.

"¡Pequeña tonta! Siempre estarás tú para mí."

"Lo siento, Jake. Vi la foto, y ella es muy bonita."

"Es verdad, lo es, pero tú también lo eres, mi amor.

¿Debería ser como el Rey Herodes y matar a cada mujer bella en la tierra?"

Ella se rió. "Confía en ti para mezclar las cosas, Jake. ¡Sería yo la que mataría si tuviéramos que usar tus medio-metáforas! De todos modos, lamento haber cedido a los celos, pero, ¿estás seguro que ella no te quiere?"

Él quería mentir, ¿pero en que podría ayudar? Miró hacia arriba hacia la copa de los árboles mecidos por la brisa. Se debatió por un momento, con una consciencia culpable, ¿debía contarle a ella acerca de su último acuerdo?

"No voy a mentir," dijo con una sonrisa, "¿No sé si sabes que soy irresistible para las mujeres?" Ella le dio un puñetazo en el brazo- no fue un puñetazo juguetón, lo decía en serio- "¡Como el infierno lo eres! ¡No eres Adonis, Jake Conley! ¡Quizá debería dejar que ella te tenga!"

"Ese beso hace dos minutos atrás dice otra cosa."

"No me estás ayudando a superar mis celos exactamente, ¿no?"

"¿Qué es lo que me quieres decir? Todo lo que sé es que no la he dejado que me de vuelta la cabeza." Eso era parcialmente cierto, pero el necesitaba asegurar a su esposa y volver a poner las cosas en equilibrio.

"¡Volvamos a tu casa y veamos si *yo* puedo darle vuelta, Mister Universo!" hecho esto, Jake decidió posponer los arreglos para dormir que había acordado con Liffi. Básicamente, que ella podía instalar un futón en su dormitorio.

Heather se duchó después de su viaje y, cubierta solo con una toalla de baño, le permitió desenvolverla. Ellos cayeron en la cama, y Jake fue abrumado por su amor apasionado. No estaba acostumbrado a que ella fuera tan aventurera. Debería haber sabido que ella estaba afirmando posesión, pero se engañó a si mismo pensando que ella estaba locamente enamorada de él. Cualesquiera fueras sus motivos, estaba encantado, avergonzado y adorado a la vez. La grieta obviamente había sido sanada, y él era feliz, pero entonces, era un pobre psicólogo de la mente femenina.

Ella se bañó de nuevo, rehusándose a compartir la ducha sobre la base que sería contraproducente. Entonces, él aceptó que debería esperar hasta que ella terminara. Usó ese tiempo para una rápida llamada a Liffi.

"Mira," le dijo, "¿tú sabes que dije que podías dormir en mi piso? Eso no podrá ser, me temo..." Ella no lo dejó terminar. "Es *ella* ¿no? Maldita sea Jake ¡Acabo de comprar un futón! ¿Supongo que no tienes ninguna objeción que me aloje en nuestra tienda? ¿No? ¡Bien!"

Cuando Heather emergió del baño al fin, estaba usando un vestido veraniego con un patrón de flores arremolinado. El rosa salvaje del diseño se adecuaba a su complexión y a su cabello rubio rojizo.

"Luces adorable," dijo él honestamente, intentando ocultar su culpabilidad ante la llamada telefónica secreta. "Tomaré una ducha rápida, y luego encontraremos un lugar para almorzar." Bajo el cálido rocío, se maldijo por no haber reservado en ningún lado. Era sábado, y seguramente habría gran cantidad de turistas para ver el castillo.

Cuando estuvo listo, caminaron un cuarto de milla hacia el centro. Se había decidido por el ambiente íntimo de una casa restaurante en un edificio de siglo XV. Él sabía que a ella le gustaba eso. Estaba en Smith Street, pero él evitó deliberadamente tomar la ruta más directa hacia allí. No quería que ella viera la sede hasta después del almuerzo.

Un mesero amigable, admirando descaradamente a Heather, dijo que no habría problema en acomodar a dos personas para el almuerzo. Una mesa estaba disponible para la una en punto. Ellos tenían más de media hora para matar. Entonces Jake sugirió un trago en histórico pub Roebuck más abajo en la misma calle. Él nunca había estado, pero se deleitó al encontrar el interior tan histórico y agradable como el exterior. Ademá también servían una buena cerveza, pero Heather optó por una copa de vino rosado.

Se sintió meloso después de su actividad anterior y la cerveza artesanal se sumó a su sentimiento de bien estar. Heather lucía bellísima en su vestido y dibujaba miradas de admiración en los hombres en el salón del bar, así que las cosas no podían ir mejor hasta que Heather dijo. "Háblame de ella entonces." No había necesidad de preguntar por qué.

"Bueno, ella tiene tu estatura más o menos, es delgada, rubia, lindos dientes."

"¿Hay algo que no te guste de ella?" Su sonrisa era maliciosa.

Él tomó un largo trago de su cerveza e intentó no eructar; Heather tenía una forma de molestar su estómago. "Su horrible acento de Lancashire. Ella no hace esfuerzos para bajar el tono."

"¿Seguro este es un punto a su favor? Significa que está feliz siendo ella misma."

Jake miró cautelosamente a su esposa. ¿era una especie de trampa? "Supongo," dijo con lo que esperaba fuera la respuesta adecuada.

"¿Qué hay de malo con el acento de Lancashire de todos modos? Lo prefiero siempre a uno de Birmingham."

"Tienes razón, el Brummie es un poco duro en los oídos."

"Si", dijo ella en una pasable imitación de "especialmente cuando es tan amplio como esto."

Ellos rieron juntos y levantaron sus vasos. "Quiero reunirme con ella esta tarde, Jake."

"¡Prometeme que no patearás, escupirás o rasguñarás!"

"¿Por quién me tomas, Jake? ¡Soy una arqueóloga, no la mujer de un pescador!"

Un espléndido almuerzo en un lugar romántico con el amor de tu vida normalmente habría sido la cumbre de la felicidad para Jake, pero cuando pagó la cuenta, su corazón se hundió. Él estaba convencido que iba en camino a ver el *Showdown at the OK Corral* o algo similar entre Heather y Liffi.

Con una mezcla de orgullo y temor, Jake señaló el letrero recién instalado sobre la ventana de su cuartel general. El caballo rojo estilizado causaba una sorprendente impresión en la calle llena de compradores y turistas.

"¡Oh, el Caballo Blanco de Uffington se ha vuelto rojo de vergüenza!" Bromeó Heather. "Muy llamativo." Ella se quedó afuera, observando la variedad de los materiales en la ventana. Todos llevaban el mismo logo. "¡Te doy mi palabra, tú has estado ocupado!"

"Hay demasiado que hacer, pero entra y conoce a Liffi- ella está manteniendo el fuerte."

"¡Jake!" La rubia detrás del mostrador lo saludó. "He anotado alrededor de unos veinte nombres esta mañana. Oh, ¡hola! ¡Tú debes ser Heather, yo soy Liffi!," ella extendió una mano con determinación. Heather la tomó y la retuvo por un momento mientras miraba el rostro de su rival. "Encantada de conocerte," dijo con frialdad y la soltó. Ella hizo una conversación cortés acerca de varios temas promocionales, trató de comprar una camiseta, pero le obsequiaron una, preguntó acerca de las inscripciones antes de girar hacia Jake con lo que tenía en mente. "Por qué no te vas a algún lado, cariño, y nos dejas a las chicas para que nos conozcamos."

"OK," murmuró con tristeza, "Volveré al pub donde estuvimos antes. Otra pinta de su cerveza me caerá muy bien." Caminó hacia afuera, preguntándose con tristeza si cuando volviera la mercadería estaría manchada de sangre.

Una vez que se fue, Liffi fue hacia la puerta, "Un minuto."

Ella dio vuelta un cartel a CERRADO y cerró con llave. "Pensé que podríamos necesitar privacidad."

Heather sonrió, pero no había humor en ello. "Me pregunto, ¿qué te hace pensar eso?"

Los ojos de Liffi se entrecerraron y su acento se volvió más marcado mientras ella adoptaba un tono más agresivo, "¿No has venido a advertirme acerca de tu esposo, querida?"

"¿Lo necesito realmente?" Heather no se iba a permitir ponerse nerviosa.

"¿Tú que piensas, querida?"

Insegura de qué enfoque usar, Heather se dio cuenta que no debía dejar que la mujer sintiera sus inseguridades. "Por sus reacciones en la cama esta mañana..." ella miraba los ojos de su rival muy de cerca y captó el daño momentáneo con satisfacción, "... yo diría que no lo necesito."

"No hay de qué preocuparse, ¿no?"

"Pensé que te gustaría contarme acerca de tu relación con mi esposo, eso es todo."

"No hay mucho para decir, querida. Es estrictamente profesional entre Jake y yo. Estamos tratando de detener el maldito fracking, eso es todo."

"¿No hay nada físico entre ustedes, entonces?"

"Mira, lo besé una vez," Liffi dijo esto con, "Verás, admiré como se enfrentó a esos bastardos, sin importar lo elegantes o poderosos que fueran. Pero no te preocupes. No me quiere. Dice que es un marido fiel. Bueno, tengo que respetar eso, ¡especialmente ahora que los conocí a todos!"

Heather sabía que no podía confiar en esta mujer y que ella necesitaba jugar un hábil juego de ajedrez. "Yo creo en su sinceridad," ella captó el destello traicionero en sus ojos, "pero trabajando en estrecha proximidad tiende a traer tentación. Amo a Jake y me preocupo por su felicidad. Y honestamente creo que después de lo que ha pasado, no necesita complicaciones. ¿Te habló acerca de Livie?"

Liffi confesó que él no lo había hecho, entonces Heather le relató el cuento de Elfrid's Hole y de cómo Jake había sido acusado de asesinato. Ella le explicó que su cerebro no era como el de otras personas.

"Había sospechado mucho," dijo Liffi, "por eso está predestinado a ganar esta pelea aquí y por qué puede ejercer influencia sobre la gente. Es la voluntad de los dioses."

Heather miraba a la rubia con la boca abierta; ¿estaba loca? "¿La voluntad de los dioses?" repitió. A Liffi le tomó un momento para explicar que ella era neo-pagana y que su preocupación era por la Tierra. Paradójicamente, esto alivió las sospechas de Heather. Ella sentía que era mejor que a Liffi le importara apasionadamente la Tierra y no acerca de su marido. Aun así, no pudo resistirse a cerrar el asunto por ese día con, "Tu y mi marido pueden ganar esta batalla por el bien de todos en este condado, estoy segura de esto. Pero tu solo debes mantener tus manos lejos de él, jovencita. Entonces todos podemos ser amigos."

Liffi sonrió y asintió, pero mientras giraba el cartel a ABIERO, ella dijo, "Me alegro que hayamos aclarado las cosas Heather," pero pensó, *Ella no ha entendido ni una palabra acerca del destino.*

VEINTE

Warwick, 2020 AD

Heather no habría sabido que Jake había invitado previamente a Liffi a dormir en su dormitorio si una llamada de teléfono no hubiera interrumpido su pacífica velada de forma dramática. Jake miró el número entrante en su pantalla con sospecha y perplejidad. Con una mirada, vio que era el código del distrito de Warwick precediendo el número, pero uno sin nombre y por lo tanto no estaba entre sus contactos. Aceptó la llamada.

"¡Qué!" gritó y saltó de su silla. "¿Esto es una broma? Si es así, ¡es de muy mal gusto! ¿Usted qué? ¡Por supuesto, iré enseguida!"

Heather estaba de pie también, alarmada por su reacción. "Jake, ¿Qué está pasando? ¿Está todo bien?"

Era la brigada de bomberos de Warwick. Hay un incendio en nuestro negocio. Están intentando detenerlo para que no se propague a los edificios vecinos. Tengo que correr."

Ella no dijo nada, pero tomó una chaqueta y lo siguió hacia

169

el automóvil. En el vehículo, de repente él exclamó, "¡Oh mi Dios!"

"¿Qué?"

"¡Liffi! ¡Ella está allí!"

"¿A esta hora? Los comercios están cerrados, Jake."

"Si ella *está* allí, será tu culpa. ¿Por qué las mujeres tienen que ser tan perras una con la otra?"

Heather no podía creer lo que estaba escuchando. "No sé por qué estás tan alterado, Jake. Explícate mejor."

Él maniobró su auto en el estacionamiento y, cuando ella lo presionó de nuevo, le escupió, "¡No es momento ahora, vamos!"

Ella se apresuró detrás de él, y tan pronto como dieron vuelta a la esquina, fueron asaltado por el humo en el aire. Heather tosió y sus ojos ardían mientras miraba el cálido fuego rojo con sus luces azules parpadeando. Hombres con cascos amarillos, usando chaquetas fluorescentes estaban luchando con mangueras de presión, dirigiendo los chorros hacia lo que una vez fue la gran ventana vidriada, cuyos fragmentos estaban ahora esparcidos sobre el pavimento mojado. Ellos pudieron ver las llamas saltando desde la ventana de arriba igualmente destrozada.

Jake corrió hacia uno de los bomberos, que estaba hablando por un intercomunicador.

"¿Quién está a cargo aquí?"

El bombero apuntó con su mano libre, y Jake transfirió su atención a una alta figura uniformada que estaba apuntando un chorro de agua a alta presión a través de la ventana de arriba.

"Soy el propietario," gritó Jake. "Mi colega, la señorita Wyther, está ahí..." Su voz se quebró con desesperación y miedo.

"¡Nadie puede sobrevivir a esto!" dijo el jefe de bomberos.

Sacudido por la respuesta franca, Jake lloró salvajemente, "Bueno, ¡voy a entrar!" agitando un juego de llaves al bombero.

Heather lo agarró del brazo y tiró con todas sus fuerzas. "¡Estás loco! Escuchaste lo que dijo el oficial. ¡Es demasiado tarde! Te matarás por nada."

El jefe de bomberos giró a medias hacia Jake. "La chica está bien, sir. Por favor háganse a un lado y déjenos terminar nuestro trabajo. Tengo que asegurarme que el techo no haya sido alcanzado, de otro modo los edificios del otro lado están en riesgo. Si cualquiera estuviera allí, me temo que no hay esperanzas."

Ellos se alejaron para pararse impotentes y mirar desde el otro lado del camino, donde el humo era menos denso.

Jake ahogó un sollozo y miró a Heather. "Esto no hubiera pasado si..."

"¿Si que, Jake?"

Él se liberó de su brazo enlazado a través del suyo. "¡Si te hubieras llevado bien con Liffi, en lugar de venir aquí actuando como una colegiala celosa!"

"¿De qué demonios estás hablando? Puedo entender que estés molesto..."

"¡Molesto! No tienes ni maldita idea ¿no?"

"No, francamente, no la tengo. Y no uses ese tono conmigo; yo no he hecho nada."

Jake, a quien no le dejaban de llorar los ojos por el humo desde el caparazón humeante de su cuartel general, estaba angustiado. Nunca le había preguntado a Liffi cuantos años tenía, pero se imaginaba que andaba en los treinta... demasiado joven para sufrir este horrible final. "Si la hubieras dejado dormir en mi dormitorio..."

"¡Yo no impedí que ella durmiera allí!"

"No, pero lo hubieras hecho si yo te hubiera preguntado."

"¡Eres ridículo!" Ella infló las mejillas con exasperación.

Por el momento, a Jake no le importaba nada excepto la muerte de Liffi e irrazonablemente buscaba a alguien para culpar. "Ella compró un futón para poner en el piso de mi hospedaje. Tenía que usarlo ahí."

"Sir, el fuego está controlado. El jefe necesita sus llaves si usted fuera tan amable. No tiene sentido derribar la puerta cuando podemos abrirla y entrar."

Jake se las dio sin una palabra y observó cómo tres bomberos con aparatos para respirar entraban en lo que quedó del comercio de su sede. Al lado de él, Heather humeaba casi tanto como el edificio incendiado. Su silencio era calculado, y ella pensaba hablar de esto con su esposo, pero creía que estaba desquiciado en ese momento. Su furia sería controlada y abrumadora cuando la soltara.

Jake estaba temblando notoriamente, pero ella luchó contra su instinto para consolarlo. Su rabia se incrementó cuando lo escuchó murmurar, "Ella probablemente derribó una vela." Por qué alguien encendería velas en esta época de linternas y smartphones con linterna incorporada estaba más allá de ella. Por supuesto, ella sintió lástima por la joven con la que había hablado solo esa tarde. Ella debía tener cerca de su propia edad- una tragedia- pero ella no iba a aceptar la injusta culpa por su temprano deceso. Tampoco estaba dispuesta a vivir a la sombra de un fantasma. Una pelea todopoderosa estaba a la vista- ¡una que ella no tenía intención de perder!

Sus pensamientos fueron interrumpidos por la llegada del mugriento jefe de bomberos, quien le habló a Jake en un tono enérgico y práctico. Qué extraña expresión dejaba su rostro, ennegrecido por el hollín, excepto por la boca, barbilla y nariz, donde su máscara para respirar había cubierto parte de su rostro. Ella hizo un esfuerzo por sofocar sus pensamientos enojosos y seguir sus palabras.

"... como he dicho, mezcla de noticias, sir. Las buenas noticias es que no había ningún cuerpo adentro del edificio. Por lo que estaba usted equivocado acerca de su colega..."

Jake cayó de rodillas. "¡Gracias Dios, gracias Dios!" dijo él y sonrió hacia arriba a Heather, quien lo miraba hacia abajo con tanta fiereza que la sonrisa se le desvaneció de una vez. Él se paró y saludó al bombero. "Es un gran alivio, pero usted dijo que las noticias eran variadas."

"De hecho. El resto de las buenas noticias es que el daño estructural es superficial, no hay peligro de colapso. Una empresa de construcción especializada arreglará su lugar en dos meses. Puede obtener estimaciones. ¿Presumo que está asegurado, sir?"

"Estamos. Tuvimos que hacerlo, para obtener el permiso para abrir."

"Bueno. Ahora, las malas noticias. El asunto está ya en manos de la policía. Me temo que el fuego fue iniciado deliberadamente. No cabe duda que fue un incendio intencional."

"¿Deliberado?" La primera palabra de Heather fue incrédula.

"Si, señora. Parece que primero lanzaron un ladrillo a través de la ventana y luego una bomba de gasolina por el agujero para continuar. La policía está en camino y ellos investigarán. Puede que haya pruebas en las cámaras de seguridad." Mientras él hablaba, los ojos astutos estaban escudriñando los edificios circundantes, "¡Ese; con algo de suerte!" Señalando al de una joyería cruzando el camino, donde una cámara estaba apuntando en la calle abajo.

"Apuesto a que sé quién está detrás de esto. Bueno, gracias por su esfuerzo, oficial." Jake estrechó la mano enguantada y se volvió para irse.

"Puede recoger sus llaves en la estación de bomberos mañana, sir. Solo una palabra de precaución. En ningún caso intente entrar en las instalaciones. Está clasificado como escenario de un crimen. La policía querrá hablar con usted y le darán el visto bueno, cuando sea el momento adecuado."

"Comprendido. Buenas noches, entonces."

Heather no dijo una palabra en el camino de regreso al automóvil. Le mostraría a su marido lo que significaba *frío* – y cuanto más helado mejor. Mientras para él, estaba aliviado que Liffi estaba viva y no podía pensar en nada más, su mente estaba ocupada preguntándose dónde estaba y qué estaría haciendo. Pero él no era tan tonto como para llamarla en frente de Heather, no mientras su esposa estuviera hirviendo.

Ellos no intercambiaron una palabra hasta que estuvieron de regreso en el dormitorio.

"¡Adelante entonces!" Heather rompió finalmente el silencio.

"¿Adelante con qué?" preguntó él, genuinamente desconcertado.

"Llama a Liffi. Sabes que te mueres por hacerlo."

"Debo admitir, que es una especie de misterio y obviamente un gran alivio."

"¡Obviamente!"

Él ignoró el sarcasmo y telefoneó con lo que, pensándolo bien, supuso que Heather consideraría una prisa indecente.

"Hola, ¿estás bien? ¿Qué quieres decir? Bueno, sí, lo admito. Verás, hubo un incendio en nuestra sede." Su voz tembló, "Si, el local, y yo pensé que estarías durmiendo allí... pensé... Y-yo pensé que te había quemado viva... oh, ya veo, con un amigo. ¿Quién es él, alguien que conozco? ¡Oh, ya veo!"

Heather lo escudriñaba con cada intercambio de lo que él era bien consiente, por lo que se apresuró a terminar con, "Si, ven alrededor de las once, ambos estaremos aquí."

Apagó el teléfono y dijo, "Un poco de suerte realmente, una de nuestras asociadas la invitó a su casa para compartir una botella de vino. De otra forma, me da miedo de pensar..."

"¿Eso es lo que te dijo? ¿*Su* casa? ¿Y le creíste? ¡Los hombres son a veces tan malditamente tontos! ¡Usa tu cerebro,

Jake! ¿Supones que Liffi es del tipo que va a la casa de una mujer a compartir una botella de vino?"

"¿Por qué no? De esto es de lo que te hablo. ¿Por qué las mujeres son tan maliciosas? ¿Nunca se te ha ocurrido que ella dice la verdad?"

"Jake, tu cree lo que quieras, ¡pero ella no puede taparme los ojos con una venda! Otra cosa, tu ibas a invitarla a dormir en tu dormitorio hasta que yo volviera. Y en cambio la enviaste a dormir al local. Eso pudo costarle la vida, cambiaste de opinión. ¿Supones que habrías podido vivir contigo mismo? ¿Crees que los hombres casados pueden ser mejores compañeros de una mujer soltera? ¡Si ella hubiera dormido aquí, no te daría más de dos noches antes de que ustedes estuvieran compartiendo la cama! ¡Maldita sea, Jake Conley!" Su rostro se arrugó y las lágrimas contenidas rompieron la presa.

Antes de conocer a Liffi, Jake se consideraba sencillo sin esperanza, ahora no estaba tan seguro. Ni siquiera fue tan valiente como para tomar a su esposa en sus brazos y confortarla, porque estaba enojado y resentido. Alguna de sus actitudes, él no estaba seguro de cuanto, eran impulsados por la culpa porque tuvo que enfrentar la realidad de que sentía algo por Liffi. Ella entendía una parte de sí mismo que él recién estaba descubriendo y sentía complicidad con ella, una parte de Heather que no podía alcanzar. Heather también comprehendía otra área en la que él fallaba al interpretar- ¡que desastre! Sus lágrimas solo servían para hacerlo sentir más culpable; a su vez, esto lo hacía más resentido. En lugar de abrazarla, se dejó caer en su sillón y, tumbado allí, dijo, "¿No piensas que estás exagerando?"

Esto produjo un lamento de su esposa y causó que ella se encerrara en el baño. Él no pudo evitar escuchar el portazo y la llave girando en la puerta, seguido por ningún otro sonido por media hora, momento en el que comenzó a preocuparse por el silencio continuo.

Golpeó la puerta. "¿Estás bien ahí?"

"¡Déjame sola! ¡No quiero hablar contigo!"

La escuchó sollozar y se encogió de hombros. Anteriormente, se habría ofrecido a llevarla a comer y arreglar las cosas de alguna manera. *Este* Jake Conley, en cambio, estaba ocupado preguntándose si Liffi estaba realmente con una amiga como le había dicho. Por supuesto, le convenía no dudarlo.

VEINTIUNO

El encuentro de la once en punto marcó una línea divisoria en las vidas de las personas involucradas. En cada uno, el alivio manifiesto en el rostro de Jake cuando abrazó a Liffi en frente de Heather despertó emociones contrastantes. Por primera vez, Heather comenzó a pensar en su carrera y el beneficio del divorcio, Jake se preguntaba acerca de su futura vida con Liffi, mientras que la mujer renovó su determinación de conquistar al hombre cuyo abrazo la emocionaba tanto. Por el momento, esto sentimientos permanecían tácitos.

Jake comenzó el encuentro diciendo, "Es obvio que Envogas está detrás de la bomba incendiaria, pero hasta que la policía lo haya establecido, no podemos movernos contra Etherington. Yo estoy esperando escuchar sobre ellos en algún tiempo cercano."

"En cualquier caso, no hay nada que puedas hacer contra una compañía grande," dijo la siempre práctica Heather.

"Quizás no, pero el caballero negro es otro asunto. Yo sé cómo manejarme con él"

"Jake, te avisé desde un principio que podría ser peligroso enfrentarte a una corporación. ¿Por qué nunca me escuchas? Has sido atacado dos veces, y la última noche, por fortuna, pudo haber habido una muerte. Por cierto, ¿disfrutaste tu salida anoche, Liffi?" le preguntó con una sonrisa maliciosa.

Imperturbable, Liffi respondió suavemente, "De hecho nos estrellamos contra dos botellas de Chablis. Sophie se sorprendió cuando se enteró del ataque a nuestras instalaciones. ¡Un futón nuevo se fue con las llamas! Pero ella es tan dulce, estuvo de acuerdo en ubicarme hasta que pueda encontrar un alojamiento alternativo."

"Cuéntanos acerca de Sophie." Esta fue una provocación para descubrir si Liffi tropezaría, pero al escuchar su parloteo, Heather decidió que la mujer había preparado su perorata de antemano. No confiaría en ella a menos de una milla de Jake, quien estaba ahora explicando su próximo movimiento.

"...He investigado la familia exhaustivamente," continuó, "y descubrí que el título hereditario ha caducado, pero uno de los bisnietos del último lord, el mayor, es un exitoso hombre de negocios y tiende a desplazarse entre la casa de la familia y sus oficinas en Londres."

"¿Qué línea de negocios?" Liffi mostraba un gran interés oponiéndose a la indiferencia total e Heather. Jake miró fijamente a su esposa como para desafiarla a mostrar algo de curiosidad. "¿Conoces la cadena de emporios de lujo- *La Vida de Riley*? Bueno, él es el director creativo de la compañía además de ser activo en consultor de gestión. Aparentemente disfruta esquiar por los glaciares suizos cuando está de vacaciones. ¡Mejor que yo!"

"Entonces, ¿por qué el interés en el niño prodigio?" dijo Heather luciendo y sonando aburrida.

"Porque él es la llave para ponerle fin a este fracking."

Liffi se incorporó. "¿Cómo? ¿Tienes un plan, Jake?" Ella disparó una mirada de enojo a Heather quien había gemido por el efecto.

"Como una cuestión de hecho, tengo una proposición de trabajo para el Sr. Huxley Adams-Wessex. Afortunadamente, está residiendo actualmente en la casa señorial. Es un edificio protegido de Grado II con establos de techo de paja.

"Los caballos tienes más suerte que yo," murmuró Liffi.

"¿Por qué?, ¿Por qué se ponen a sementales?" El comentario de Heather fue lo suficientemente bajo para ser casi un susurro, pero Liffi lo captó y le lanzó una mirada venenosa a Heather.

Las dos mujeres cambiaron su atención hacia Jake, quien estaba diciendo, "...de todos modos está cubierto de coníferas en este momento, entonces yo necesito convencerlo de tomar ventaja de un muy buen momento en el mercado maderero. Luego podremos pensar acerca de un redesarrollo. Lo tengo todo arreglado. Solo necesito convencer al Sr. Adams-Wessex del potencial."

"¿Piensas que te dará una cita?" preguntó Liffi.

"Qué hombre de negocios no escucharía a un plan para hacer dinero, y yo tengo ciertos *poderes persuasivos.*"

"Los necesitarás," dijo Heather. "La mayoría de los terratenientes no toman amablemente la interferencia con su propiedad."

Ellos hablaron por una hora mientras Jake describía su esquema, omitiendo solo un detalle pequeño pero fundamental, entusiasmado con su tema y convenciendo a las dos mujeres de su solidez. Aun Heather, para su alivio, parecía influida por sus argumentos.

Dos llamadas telefónicas dieron forma al resto de su día, una entrante, la otra una llamada de Jake a Adams-Wessex.

Con la otra, la policía llamaba para fijar una reunión inmediata. Un inspector llegó para explicar el estado de sus investigaciones e iniciar una investigación criminal. El oficial estaba físicamente en buena forma, de estatura mediana con piel color nuez, cabello y ojos marrones. Sus modales eran simpáticos y amables. Claramente, había hecho su trabajo y sabía acerca de las actividades de Jake y Liffi con la Fundación Caballo Rojo. "No se me permite adoptar una postura política en mi línea de trabajo, sir, pero veo como sus actividades deben haber pisado algunos dedos poderosos. En esta etapa de nuestras investigaciones, no tenemos indicios de la identidad de los perpetradores. Hay una filmación de las cámaras de circuito cerrado, pero es sujeto de intenso escrutinio en este momento y me temo que no puedo discutir los contenidos. En lugar de esto, debo hacerle algunas preguntas." Abrió un cuaderno y sacó un bolígrafo del bolsillo de su uniforme.

Después de acompañarlo afuera, Jake se volvió a Heather. "Deberíamos escabullirnos para almorzar. ¿Quieres venir con nosotros a la casa señorial esta tarde?"

"No me lo perdería por nada en el mundo." Su sonrisa ocultaba sus pensamientos, *¡No te dejaré ir solo con esta pequeña traviesa!*

"Grandioso, esto está arreglado entonces, comamos algo y salgamos para encontrarnos con este Adams-Wessex a las tres en punto." Él miró su reloj. "Tenemos dos horas completas."

El almuerzo pasaba en una forma civilizada sin ninguna hostilidad abierta, casi como si una tregua tácita hubiera sido acordada por las dos mujeres. No lo sabían cuando subieron al auto, pero estaban a punto de ser testigos de una actuación de gran poder persuasivo. El auto de alquiler, un sedán familiar sin pretensiones, estacionó frente a la casa señorial de piedra color miel, con sus cestas colgantes impecablemente cuidadas, un derroche de color a ambos lados de las ventanas con parteluz.

Todo lo relacionado con el edificio proclamaba la riqueza ancestral del propietario.

El Sr. Huxley Adams-Wessex, sin embargo, era un individuo relajado y sociable, que parecía gustarle a sus invitados, haciéndolos sentir inmediatamente a gusto. Heather, quien había tomado el trabajo de buscar y leer su biografía en Internet, supuso que la afabilidad del hombre provenía de haber sido criado por su madre, viuda cuando Huxley era joven. Cualquiera sea el caso, no mostraba resentimiento en sus ojos grises cuando Jake reveló un conocimiento cercano de sus asuntos comerciales y su situación. A nadie le gusta que le hablen del estado de sus finanzas- es una intrusión y puede ser fácilmente tener una reacción negativa- pero Adams-Wessex tomó esto con ecuanimidad.

"Las cosas podrían ir mejor, aunque en general, no puedo quejarme."

"Lo que yo sugiero, Sr. Adams-Wessex..."

"Huxley, por favor – ¡es como un apodo!"

"*Ee,* si, lo que yo sugiero, Huxley, es que usted está sentado en una fortuna que puede ser explotado y redesarrollado para hacerlo un hombre más rico todavía."

Los ojos grises brillaron. Era difícil sin conocerlo determinar si estaba tomando en serio las palabras de Jake o se estaba burlando de él internamente, pero dijo, "Continué. Siempre estoy interesado en ser más rico."

"La tierra de la que usted es propietario, bordeando el Valle del Caballo Rojo cercano a Tysoe, esta plantado con coníferas."

"Mi bisabuelo fue el responsable de esto."

"Lo sé. Esto es porque los árboles están maduros y podría alcanzar alrededor de seis libras dieciocho por cada metro cúbico de madera. Yo he calculado algo como 195.000 metros cúbicos que podrían despejarse en mi plan de desarrollo, lo que produciría un ingreso de un poco más de 1.200.000 libras a los precios actuales. Un consultor forestal puede ser más preciso en cuanto a la suma, Huxley, pero este es el tipo de cifras de las que estamos conversando, hablando en general."

"Lo siento, Sr. Conley, pero necesitamos aclarar un par de puntos aquí. ¿Cuál es exactamente si interés en que me beneficie con la tala de coníferas? En segundo lugar, no es tan simple, está el problema de obtener una licencia de talla de la Comisión Forestal- ¡y estas no crecen en lo árboles!" sonrió ante su propia broma, y Heather se rio cortésmente. "Finalmente," continuó, "usted habla de un plan de desarrollo, ¿le gustaría iluminarme tal vez?"

"Permítame tratar estos puntos en orden." Primero, Jake siguió explicando su participación en la campaña anti fracking, su amor de larga data por el campo e historia británicos. Adams-Wessex escuchaba con interés, haciendo algún comentario ocasional, pero cuando Jake comenzó a explicar sus planes para el bosque, prestó mucha atención.

"Verá, el único interés real de la Comisión Forestal está en proteger los bosques, y específicamente, juntando las necesidades de las plantas y animales. Ahí es donde mi plan de desarrollo es una ganancia. Yo propongo la creación de un parque temático, que se conocerá como Parque Temático Caballo Rojo. Esto involucraría senderos naturales a través del bosque designado conteniendo recintos para animales, podemos traer ciervos, aves de presa, etc. Pero la característica más importante será la limpieza de la tierra y la recreación del Caballo Rojo de Tysoe, que anularía la maldición..." Jake, ayudado por la ocasional intervención de Liffi, explicó la historia del caballo sajón y la maldición asociada.

"Espere un minuto, ¿está usted implicando que mis dificultades financieras actuales son en parte, causadas por alguna maldición antigua?" Su tono era ligero, pero sus ojos delataban otra actitud.

"Yo creí," dijo Jake, "Que, si el Caballo Rojo reaparece, el parque temático puede ser un enorme éxito financiero. Hay potencial para toda suerte de entretenimientos de aventura, desde..." y aquí fue cínico, "...pistas artificiales de ski..." el terrateniente asintió entusiastamente, "...hasta juegos de agua, porque la tierra tiene una serie de manantiales naturales..." continuó enumerando todas las ideas que había pensado en los últimos días, desde que el concepto había germinado en su cerebro. "Entonces, usted ve, yo pienso que la Comisión Forestal se inclinará ante un esquema que realza lo que ya es un área reconocida de excepcional belleza natural."

Por ahora, Huxley Adams-Wessex estaba enganchado. " Tengo un viejo amigo de la escuela en el Parlamento- Orson Maynard. Es un ministro bajo de algún tipo en el Departamento de Medio Ambiente, Alimentos y Asuntos Rurales. Estoy seguro que estará interesado es esta propuesta, Jake- ¿puedo llamarte Jake?"

"Por supuesto."

"Bueno, mira, Jake, te seré franco. Lo que me estás sugiriendo me atrae enormemente. Encaja muy bien con mi deseo de larga data de establecerme aquí en Warwickshire. A pesar del abrumador compromiso que implica la creación de un parque temático y de aventura. Creo que se puede lograr. Pero dime, ¿Qué es exactamente lo que tú *quieres*?"

Jake había esperado esta pregunta cuanto antes y estaba preparado. "Muy poco, ciertamente no dinero, Mi interés yace en proteger el área. Yo creo que, si el parque temático es creado, el Gobierno se verá forzado a cambiar sus planes de explotación de las fuentes de energía bajo tierra. Mi recompensa será ver que Envogas, u otros de su calaña expulsados de Warwickshire para siempre."

"¡Amén a eso!" Adams-Wessex dio un puñetazo con su mano derecha en asentimiento.

"Esto es solo una cosa, Huxley, necesitaré tu permiso para excavar en tu tierra. Esto debe causar el mínimo disturbio en tu bosque."

"¿Cavar? ¿Para qué diablos?"

"Quiero desenterrar la maldición sajona. Sé dónde está enterrada a unos pocos pies. Heather aquí puede suministrar el equipamiento para localizar el lugar exacto; ella es arqueóloga, ¿sabes?"

Adams-Wessex comenzó un largo interrogatorio interesado acerca de la carrera de Heather, lo que hizo maravillas al sacarla de su mal humor. El resultado fue que Jake no solo obtuvo el permiso para cavar donde quisiera, sino que también ganó la cooperación de Heather.

Él tenía que esperar hasta el fin de semana siguiente para que su esposa llegara con un magnetómetro a protones. Ella cuando llegó revisó muy obviamente buscando rastros de ocupación femenina en su habitación. No encontró nada que levantara sus sospechas porque Liffi se estaba quedando con su amiga, Sophie. Al menos, eso fue lo que él le hizo cree. Él nunca había conocido a Sophie. Él cambió el tema del hospedaje de Liffi a una explicación de que no había avances reales en la investigación policial: el circuito cerrado de televisión había mostrado dos hombres con pasamontañas negros que habían arrojado un ladrillo a la ventana y seguidamente y luego prendiendo un fusible a una botella con gasolina que habrían arrojado a la tienda antes de salir corriendo. La grabación mostraba que habían estado acechando en la calle hasta que estuvo vacía de transeúntes. Al usar sombreros flexibles, ellos ocultaban sus rostros siniestros cubriéndose de los transeúntes para evitar sospechas. Aparte de estar bien formados, no había nada para identificar a los criminales.

No obstante, era suficiente para que Jake iniciara su reclamo del seguro, respaldado por un reporte oficial de la policía que detallaba que el incendio era intencional. Le explicó esto a Heather, pero ella no estaba interesada realmente. Ella había traído el magnetómetro como una excusa para reunirse con su marido porque ella necesitaba decirle que ella quería el divorcio.

Ella nunca debió haberse casado con él. Ella había decidido. Su amor real era la arqueología y él la había arrastrado en la aventura de descubrir la tumba del Rey Aldfrith, que le había dado un enorme impulso en su carrera. Por esto, ella estaría siempre agradecida a Jake, pero no importaba cuanto afecto tuviera por él- tenía muchas características positivas- ella ahora se había dado cuenta que no era la que todo lo consume, apasionada historia de amor que ella había soñado cuando era chica. En todo caso, prefería hombres mayores, maduros y ahora que Jake había mostrado que tenía un ojo errante, había llegado el tiempo de separarse.

Cuando Jake llamó a Liffi para lo debería haber sido exclusivamente su ocasión, había hecho que Heather estuviera más determinada a romper su matrimonio. Lo que estaba destinado a suceder clavó el último clavo en el ataúd de su matrimonio.

Jake había ido de compras durante el fin de semana y había comprado un pico y una pala. Los llevó al maletero, mientras Heather llevó el magnetómetro y Liffi llevaba agua y sándwiches en una mochila. Las miradas amorosas que Jake y Liffi habían intercambiado no se la habían escapado a Heather, pero ella no debía saber que su relación no había progresado más allá de esa etapa. Todo lo que ella sabía era que ella no quería más a Jake y que él no le había prestado suficiente atención.

Él estacionó su automóvil en el camino debajo de la escarpada del Caballo Rojo, consultó una app en su teléfono y declaró, "Aquí es donde deberíamos subir al bosque. Debemos encontrar el lugar de las patas traseras del caballo allí." Apuntó vagamente cuesta arriba. "¡Vamos!"

Ellos reunieron las herramientas, mochila y equipamiento, treparon sobre la pared de piedra y caminaron entre los pinos, que les proporcionaba una pisada esponjosa y cómoda; lo peor que encontraron fueron algunos helechos, fácilmente dejados de lado. De tiempo en tiempo, Jake consultaba la posición dada por el GPS de su aplicación hasta que, repentinamente, dijo, "¡Esto debería ser aquí!"

Con estas palabras, se dispuso a cortar el suelo con el pico. La capa superior del suelo estaba cubierta por muy poca vegetación, pero cubierta de agujas de pino.

"Jake, ¿no quieres chequear con el magnetómetro?" preguntó Heather.

Él, como un hombre poseído, continuó balanceando el pico, haciéndolo morder profundamente en el suelo que se desmoronaba.

"No necesito," murmuró, "¡el dolor en mi frente me dice que es aquí!"

Aun así, Heather configuró el magnetómetro de protones, empujó a Jake a un lado, lo que fue fácil porque, no estaba acostumbrado al trabajo pesado, ya estaba listo para un descanso. Ella movió algunos controles, caminó atrás y adelante con el paquete de baterías en su espalda y el sensor sostenido frente a ella. Casi incrédula, ella exclamó, "¡Jake estás en lo cierto! ¡Correcto! Hay algo enterrado dos pies abajo."

Él no necesitaba más aliento, pero comenzó a cavar de nuevo con la nueva pala afilada, hasta que apareció un agujero de dos pies cuadrados y un pie de profundidad. En este punto estaba jadeando, fuera de entrenamiento como estaba, de modo que, impacientemente, Liffi tomó la pala de su agarre sin resistencia y cavó con una energía sorprendente hasta que alcanzó una profundidad igual.

"¡Más despacio!" le dijo Heather. "debería estar ahí. No debes dañar lo que sea que esté."

"¡*Hazte cargo,* tu eres la experta!" no había forma de escapar al odio en el tono. Heather tomó la pala sin encontrarse con los ojos de su rival. Lo que ella realmente necesitaba era una palita en este punto, pero ya que no se le había ocurrido a nadie traer una, ella intentó usar la pala tan delicadamente como le fuera posible. Pronto, ella escuchó, más que sentir, un leve tintineo proveniente de la punta de la herramienta. Se arrodilló, y la familiar oleada de adrenalina la golpeó como de costumbre cada vez que hacía un hallazgo. Ella tomó la pala de nuevo para hacer palanca con el borde de la hoja por debajo del artefacto.

"¿Qué es eso? ¿Encontraste algo?"

"Parece una pequeña tableta de plomo," llamó, sacando el artefacto de su lugar de descanso centenario. Ella sacudió la superficie con la mano y, sin tener en cuenta la suciedad, la recogió con sus uñas cuidadas de manicura. "Runas" dijo ella, "definitivamente una inscripción rúnica. ¡Mira!"

Ella le pasó el objeto a Jake y lo miró acurrucado en su mano. Sus rodillas comenzaron a doblarse y su frente a dolerle como si le hubieran clavado un clavo. Liffi fue en su rescate tomando el artefacto, mientras murmuraba. "¿Estás bien Jake?"

Él se recobró a tiempo para ver el efecto en Liffi. Fue asombroso e inquietante. La vio estudiar la delgada tableta rectangular y sus ojos se dieron vuelta hasta que solo se viera lo blanco. Primero, ella empezó a gemir y luego, para su asombro, ella parloteaba en una lengua extraña, como un carismático en una reunión de plegaria, excepto que, después de un momento, él se dio cuenta que ella estaba hablando en inglés antiguo. Él jadeó, ella había citado *The Wanderer,* pero él no sabía que Liffi sabía algo de este lenguaje aparte de esta línea- pero entonces, el realmente no sabía mucho acerca de ella. Nada de lo que decía ella tenía sentido para él ahora. Cuando ella se recuperó y le entregó dócilmente la tableta a Heather ante la insistencia de la arqueóloga, él la interrogó.

"No sabía que pudieras hablar inglés antiguo, Liffi."

"Eso es porque no puedo, Jake."

"Pero has hecho un largo discurso en esa lengua, ¿Verdad que lo hizo ella, Heather?"

"Ah-ah!" Heather no iba a ofrecer nada más allá de un simple asentimiento.

"Todo lo que puedo recordar es como que tuve una visión. Allí estaba este poderoso y alto guerrero anglo-sajón aplastando la tierra aquí mismo con su bota."

"Debe haber sido retrocognición, psicometría; has visto a Stoppa," dijo Jake antes de comenzar a describir al cacique tan bien cómo podía recordalo de su propia experiencia de retro-cognición. Liffi lo miró con incredulidad. "¡Es él! Exactamente, ¿cómo lo supiste?"

"Hay mucho que tengo que explicarte." Miró a Heather disculpándose.

"Oh, estoy segura que lo harás, Jake," dijo la arqueóloga, ¡Seguro lo harás! Aquí, toma esto." Ella le dio la tableta. "Espero que sean felices juntos. Te dejo, Jake. ¡Quiero el divor-cio! Ahora si fueras tan amable me llevarías a la estación, voy a volver a donde pertenezco. ¡Tendrás noticias de mi abogado, Jake Conley!"

Él la miró con la boca abierta. No podía asimilarlo. Su esposa por poco más de un año lo estaba dejando. Pero no discutió, no dijo ni una palabra, simplemente asintió, era su destino. La tableta en su mano bien podría haberlo confirmado. Liffi era demasiado sabia para mostrar alguna reacción. No sería bueno que ninguno de los dos supiera sus pensamientos exactos en ese momento.

Heather se sentó atrás en el automóvil, el magnetómetro a su lado, y no dijo ni una palabra. Ella pasó el tiempo quitando distraídamente la suciedad de debajo de sus uñas pintadas de amarillo y no sintiendo remordimiento. Por delante de ella seguramente habría una satisfactoria carrera, y, de todos modos, tal como estaban las cosas, pasaba poco tiempo con su marido. Ella había conocido algunos académicos interesantes en el último par de años también. El recuerdo de uno en particular, un profesor sueco de cuarenta años, dibujó una sonrisa furtiva en el asiento de atrás del vehículo. Todo dicho, esa mujer Liffi no era tan mala y ella no podía culparla. En todo caso, se maldijo a si misma por apresurarse a casarse con un hombre cuyo cerebro estaba lejos de ser normal. Ella sabía en qué se estaba metiendo, pero ahora, la idea era una relación menos complicada y más estimulante intelectualmente la atraía intensamente. Ella intentó recordar todo lo que pudo del Axel Svennson de anchos hombros.

En la estación, ella encontró el coraje para abrazar a Jake. "Fue bueno mientras duró," suspiró ella en su oído. "¡Buena suerte con *ella!*" Un corto beso es su mejilla y enganchando la correa del magnetómetro portátil en el hombro, se dirigió al área de boletos de la estación.

Esa noche, Jake yacía en la cama, incapaz de dormir, entonces su cerebro se aceleró tratando de enfrentar el problema de tener que elegir entre dos mujeres. A no ser que, por supuesto, Heather realmente había removido esta opción, como parecía ser el caso de sus palabras de despedida. El necesitaba sacar resolver la confusión en su mente. Como una persona altamente introspectiva, necesitaba tiempo para reflexionar. Desde que conoció a Liffi, se había dado cuenta de la sincronicidad. Era un concepto que prefería para su fácil atribución de su unión inevitable debido a la intervención de los dioses. ¡Tenía poco tiempo para este sinsentido! Más lógicamente, se dio cuenta que los humanos están separados entre dos mundos: el primero es el del espacio y tiempo, causa y efecto, energía y materia; el segundo es el de las historia y futuro, cuentos y significados, recuerdos y esperanzas. Intentar relacionar este concepto con su propia vida en el paraíso seguro de su cama, sin comprometerse con la presencia de Heather o Liffi, lo ocupaba ahora.

Arrugó la frente y se concentró ferozmente. Jake, tuvo una idea- una comprensión que las historias y los contenidos conectaban este mundo. La historia es un relato, el relato del Valle del Caballo Rojo, por ejemplo; el futuro es un relato- los recuerdos están formados por el significado; las esperanzas están formadas por el significado, pensaba él. *Y es el segundo mundo el que enriquece al primero- agregando profundidad donde de otro modo hay solo un contorno esquemático.*

Pero todo está muy bien teorizando, ¡incluso podía enredarse a sí mismo! Pero ¿y si aplicaba la teoría a sus experiencias recientes? Cuando estos dos mundos habían hecho contacto uno con otro, como cuando conoció a Liffi, algo interesante ocurrió. Pase lo que pase, la existencia de uno es valorada en un espectro, un espectro de fortuna y desgracia. Y fue su fortuna haber conocido a Liffi, ¿pero ¿cómo lo consideraría Heather? Pensó que lo sabía.

La suerte es el éxito o el fracaso producido aparentemente por el azar y no por las acciones propias, sin embargo, Liffi lo atribuiría al *destino*. La definición de Jake sugería que él no podía crear suerte a través de sus propios esfuerzos, pero podía ajustar su exposición a la suerte manejando sus acciones. Cuanta más intención aplicara, y mejor se alinearía la intención con la realidad, menos dejaría librado al azar. Su mano se deslizó por debajo de la manta, y chasqueó los dedos en señal de haber entendido.

Cuanto menos dejara al azar, menos probable es que la mala suerte irrumpiera en su vida, y más probable que la buena suerte no fuera necesaria. En cierto sentido, esto era la mismo que crear su propia suerte, pero faltaba lo fortuito que hace que la suerte sea lo que es. Estaba claro para él ahora que manejar sus acciones le permitiría reducir las posibilidades en el primer mundo, este de espacio y tiempo, que altera la exposición a la suerte, pero era solo en el otro, el de relatos y significados, donde podría crear lo que él llamaba suerte. Aclarado esto, podía relacionarlo con él y con Liffi a través de la sincronicidad.

Dada la naturaleza de su cerebro de cables cruzados, él era un creyente firme de lo paranormal. Pensaba dos personas o dos eventos podían estar conectados unos con otros más allá de la causa y efecto y a través del significado, es decir, dos personas capaces de compartir un vínculo interno profundo más allá de las acciones confinadas por el espacio y el tiempo, casi como si el significado existiera en un diferente plano de existencia completamente distinto. Esto era lo que quería decir con sincronicidad; Liffi negaría esto en nombre del destino, y si alguna vez se lo sugiriera, Heather simplemente volaría en una rabia inspirada en el rechazo.

Todo lo que tenía que hacer ahora era racionalizar esto para tranquilizar su mente, dejar a un lado la culpa y determinar el futuro rumbo para él. Su frente se arrugó de nuevo mientras se esforzaba por bloquear otros pensamientos. Se dio cuenta que cuando dos eventos separados eran conectados en su mente de alguna forma más allá de la física causa y efecto, está creando significado. Cuando crea significado, reorganiza las cosas mentalmente para ver más conexiones en una existencia aleatoria. Cuando esto se logra es más probable notar la suerte sonde antes no la había tenido porque la atención está en mayor sintonía con ciertos entornos.

La creación de suerte es involuntaria, algo que sucede al azar pero que se ajusta a su vida perfectamente; las experiencias recientes de Jake lo demostraban. Esta adecuación entre la aleatoriedad y la realidad de esas experiencias solo podría establecerse por la sincronicidad, y esta misma adecuación genera significado y, por lo tanto, suerte.

Distinto que él, Liffi ignoraba el hecho de que ellos vivían en un entorno físico dictado por leyes que no se ajustaban a sus expectativas personales. Y ese era un problema que tenían que resolver entre ellos si querían alcanzar alguna vez la unidad que ella buscaba. Habiendo dicho esto, reconociendo que los significados sincrónicos podían producir dones que de otro modo estarían ocultos, y aquellas personas que ignoraran esta posibilidad también ignoraban un nivel de belleza no encontrada en entornos de puras causas y efectos.

Aunque, había que decirlo, el mundo mágico de dioses y diosas de Liffi no era el de la mayoría de las personas. Pero de nuevo, su sistema de creencias podía ofrecerle una cierta magia, que venía con generar su propia magia, lo que podía despertar una vívida sensación de estar realmente vivo. Y esta sensación era a la que Jake se aferró en ese instante cuando yacía ahí.

¿Por qué está Liffi en mi vida, justo ahora, en este momento en particular? Se preguntó. *Sin duda, no me inclino a creer que los dioses la hayan traído aquí o que no es nada más que una coincidencia, pero el simple hecho de tratarlo como si pudiera haber una razón para esto es suficiente generalmente para abrir mis ojos de par en par, lo suficiente para ver a la persona realmente: quien es ella, cómo su vida choca con la mía y todas las cosas importantes que puedo aprender de ella potencialmente. Y es bien cierto, porque repentinamente estoy prestando atención a las palabras que salen de su boca, y me doy cuenta de cosas que de otro modo no notaría.*

Ella tiene cualidades que admiro, unas cuantas que hasta me faltan, y que encuentro movilizante e inspirador y que quiero pasar más tiempo con ella, tiempo que incluso puede llevar a una relación que, un día, voy a mirar hacia atrás, y no voy a ser capaz de imaginar no haber tenido. Confieso que Heather nunca me habría inspirado tales sentimientos. Él sintió tristeza acerca de esto, pero una sensación de inevitabilidad explicada por el hecho de que las personas y los eventos viajan por los caminos, y cada vez que se funden con otros caminos, crean otros nuevos. A lo largo de estos nuevos caminos, hay nuevos significados, nuevas coincidencias, nuevas fuentes de suerte. Pero los nuevos caminos no siempre son caminados porque la gente no siempre tiene la visión o el coraje para tomarlos. Jake cerró su puño y se mordió suavemente un nudillo; tomaría el camino que necesitaba seguir. En cualquier caso, parecía que ya no tenía elección.

La sincronicidad es una visión que crea y genera mundos-mundos de belleza y serendipia, vida y entusiasmo, pero, sobre todo, mundos de potencial, el potencial de algo más brillante, algo más apacible, y quizás, algo un poco más humano. Todos estos pensamientos lo dejaron exhausto, pero sintió que había llegado a un acuerdo con su vida, al menos, y con esta convicción, se sumió en un sueño profundo y reparador.

VEINTIDÓS

DESPERTAR CON UNA SENSACIÓN DE DESPLAZAMIENTO NO era lo ideal, pero cuando Jake abrió sus ojos adormecidos para darse cuenta que la mujer que se revolvía junto a él no era Heather, una cascada de pensamientos disipó su somnolencia. El primero fue reconocer con vergüenza que él era un adúltero. Pero este sentimiento fue reemplazado por una irrefutable lógica. A las pocas horas del anuncio de su esposa y su partida definitiva, él y Liffi se habían estado rasgando las ropas uno al otro en este dormitorio. No sin antes que ella señalara que estaban destinados a ser amantes con tal convicción que la resistencia de Jake fue mínima, moldeado por sus reflexiones filosóficas, fue superado en un instante.

En la fría luz de la mañana, después del asombroso entrelazamiento apasionado de la noche anterior, él comprendió sus emociones. Por Heather, él había sentido afecto que se había convertido en amor, pero nunca había sentido por ella la lujuria embriagadora y que lo consumía todo, combinado con ternura y devoción que Liffi había despertado. Creyendo que la había perdido en las llamas de los piromaníacos, le había hecho comprender la profundidad de sus sentimientos por ella. El vacío en la boca del estómago cuando Heather le dijo que ella se estaba yendo, lo atribuyó a una pérdida temporal de certeza, dignidad e inocencia. No tenía sentido de culpabilidad, ni remordimientos, así que estaba bien ahora porque reconoció que aquellos habían sido reemplazados por el cuerpo cálido y la promesa enérgica de la mujer que ahora lo miraba con amor a la cara.

"Desearía poder leer tus pensamientos, Jake."

"Si pudieras, sabrías cuanto te quiero."

"Eso difícilmente sería una revelación," dijo ella con una confianza impresionante. Si hubiera sido cualquier otra persona, le hubiera molestado la arrogancia. En cambio, extendió la mano y la atrajo hacia su pecho, disfrutando la sensación de su pecho presionado contra él. Sus relaciones sexuales se reanudaron, y aunque Jake no se habría descripto como del tipo matutino en este asunto, la pasión era tan embriagadora como la noche anterior. Se dijo a si mismo que nunca se cansaría de toda una vida de esto.

Liffi no solo aportó alegría física a la relación, sino una sombrosa comprensión del funcionamiento de su cerebro. Él no estaría de acuerdo con ella que era un simple peón, un juguete de los dioses porque él tenía su teoría de la sincronicidad recién concebida, pero ella fue ganándole gradualmente acerca de aceptar la importancia de su destino prescribiendo los eventos claves en su vida. Ella revelaba una ecuanimidad con respecto a sus dones paranormales, que después de la timidez de Heather, era refrescante.

Cuando se sentaron a planear el día que tenían por delante, Liffi optó por una acción inmediata contra Envogas.

"Deberíamos hacer que paguen por lo que hicieron en

nuestra sede. Necesitamos encontrar una manera de expulsarlos de este condado para siempre."

"Mi idea de un parque temático está diseñada para hacer justo eso."

Ella apretó su mandíbula en una expresión que se estaba volviendo familiar para Jake. Mostraba toda la determinación y fuerza que lo habían llevado a juntarse con su socia luchadora. "Esa es una gran idea, pero tomará tiempo que no tenemos. Hasta que las ruedas se pongan en movimiento, Envogas comenzará a perforar."

"¿Qué sugieres entonces?"

Ella se rió y él podría jurar que sus ojos azules brillaron con un toque de locura. "Tenemos que entregar esto a los dioses."

"¿Sacrificar una cabra o algo? Bromeó él.

"¡Maldito idiota!" ella lo fulminó con la mirada. "Usa tu cerebro. Tenemos algunas armas ahora."

"No tiene sentido atar el cerebro de Etherington a mi voluntad, como dije antes, él solo será reemplazado por otro."

"Estoy de acuerdo en eso, pero es tiempo de poner en acción a Tiw."

Jake luchaba por entender. ¿Cómo podría Tiw ayudar con esto? "¿Qué quieres decir?"

Se lamió los labios y los hizo rodar en el clásico gesto de ajuste del lápiz labial. Si eso estaba destinado para llamar su atención sobre sus palabras, funcionó perfectamente. "Piénsalo cariño, ayer desenterramos la maldición. Estaba enterrada para proteger al Valle de los sajones, y lo ha hecho por siglos. La deberíamos volver contra Envogas."

"Cómo supones..."

"¡Escucha!" ella resumió su plan, y él siguió sus palabras con creciente desconcierto.

Poner en práctica su plan presentaba poca dificultad, pero a lo que podría conducir, no tenía ni la más mínima noción.

Habiendo aprendido a confiar en sus instintos, Jake acordó conducir hacia las oficinas de Envogas en Coventry para obtener la admisión de Sir Thomas Etherington.

Liffi tenía razón acerca de la curiosidad del ejecutivo. Aun sin una cita, consintió con una breve reunión tarde en la mañana. La recepcionista, impecablemente arreglada, los condujo al ascensor con una ráfaga de esencia cara, presionó el botón y sonrió a Jake, "¿Quiere que lo acompañe, sir? Creo que usted conoce el camino."

"No hay problema, estoy seguro que usted tiene mucho que hacer como usted dice..."

Ella le dio una sonrisa de agradecimiento y los observó entrar al ascensor. Ya se dirigía al mostrador de la recepción cuando la puerta corrediza ocultó su falda ajustada que se retiraba de la vista.

"¡Pasen!" A Jake le disgustó la orden imperiosa cuando el golpeó la puerta, y empeoró su humor. Él sostuvo la puerta para que Liffi entrara a la lujosa oficina.

Sir Thomas los saludó en mangas de camisa y chaleco, pero su corbata estaba anudada a la perfección. "Por favor discúlpeme," dijo él. "Es este calor tan molesto – bastante insoportable."

"¿No usa aire acondicionado?" Liffi miró hacia arriba a la ventana rectangular cerrada.

"Dolor de garganta," fue la respuesta lacónica.

Jake tomó la oportunidad, mientras cerraba la puerta, para deslizar la tableta de plomo, invisible, en la chaqueta colgada en la parte posterior de la puerta. ¡Misión cumplida, con el mínimo de dificultad!

"¿Qué puedo hacer por ustedes, buena gente?"

Jake y Liffi tomaron los asientos ofrecidos por un movimiento casual de la mano mientras el ejecutivo optaba por permanecer detrás de su escritorio. Sin signos de cualquier deshielo en los procedimientos formales, pensó Jake.

Ahora que había logrado lo que había venido a hacer, simplemente quería irse, pero no podía levantar sospechas, entonces improvisó, "Definitivamente no hemos venido a acusar ni a amenazar a nadie, Sir Thomas, pero simplemente, pero simplemente reiterar nuestro compromiso de conservar un área de excepcional belleza natural.

"Muy encomiable de su parte, me atrevo a decir."

"Me siento seguro que habrá leído sobre el incendio que destruyó nuestra sede de campaña."

"Totalmente reprochable. Vi que fue intencional. Sinceramente espero que el daño no haya sido extenso."

Jake luchaba contra su impulso de ser abusivo. La suavidad y falsedad del baronet le hizo apretar los dientes.

"Fue solo una cuestión de suerte que mi socia aquí no estuviera dentro del edificio, como estaba previsto, de otro modo, la policía estaría conduciendo una investigación de asesinato."

"¡Buen Señor!" Sir Thomas miró a Liffi. "Realmente no sé de qué habla. ¿Quién en la tierra podría perpetrar una acción tan cobarde?"

"Quienquiera que fuera no contaba con nuestra resolución, Sir Thomas. Como le he dicho, vinimos hoy aquí para confirmar que nuestra campaña continuará para proteger el campo."

"Espero que no piense que Envogas fue de alguna forma responsable por el incendio, Sr. Conley."

"No tengo deseos de acusar a nadie. La policía está investigando y acataremos sus hallazgos."

Como si él no hubiera hablado, Etherington continuó, "Además, Envogas está en completo acuerdo con la conservación del campo, por lo que hemos buscado la aprobación del gobierno para nuestras operaciones, que será cien por ciento respetuoso de las limitaciones impuestas."

El tono de Liffi era quejumbroso, "¿Usted niega que las

intenciones de su compañía de perforar agujeros hasta los depósitos de esquisto y proceder con la combustión subterránea? ¿Está usted consiente del impacto de la explotación del gas en el medio ambiente?"

"Srta. Wyther, estas consultas estas respondidas en el correspondiente Libro Blanco del Gobierno. Veré que le procuren una copia, si usted lo desea." Él tomó el teléfono en su escritorio.

"No es necesario, gracias. Es solo propaganda, nada más."

"Lamento que lo vea de esa forma."

Liffi se levantó, su cara estaba roja. "Sepa esto: ¡lucharemos contra usted hasta el final, cualquiera sea el costo!"

Sir Thomas sonrió sombríamente, presionó un botón en el teléfono intercomunicador e, inclinándose hacia adelante, dijo, "Si, mi oficina, escolta a dos personas fuera de las instalaciones." Miró hacia arriba y dio otra sonrisa amarga. "Les deseo un buen día y expreso la esperanza de un encuentro más agradable en otra ocasión."

"Buen día para usted, Sir Thomas. Gracias por su tiempo." A diferencia de Liffi, Jake no iba a mostrarle su ira al baronet; mejor darle una impresión de clama controlada.

Dos fuertes guardias de seguridad vistiendo trajes de calle los acompañaron escaleras abajo. Fue un ejercicio totalmente inútil, que solo sirvió para demostrar la mano dura que Etherington podía invocar.

Afuera, en la calle, Liffi explotó, "¡El descaro del tipo! Él simplemente se burló de su participación en la provocación del incendio. ¡Típico!" Ella hervía en silencio por un momento y luego, recordando el propósito de su vista, pregunto, "¿Lo hiciste? No vi nada."

"Lo deslicé en el bolsillo de su chaqueta cuando entramos en su oficina. No se dio cuenta; estaba cerrando la puerta."

"¡Bien! Espero que tenga razón acerca de eso."

"De cualquier forma, le dejamos saber que la batalla no ha terminado. Es solo el comienzo. ¡Uf! Salgamos del sol, hoy es un día abrazador."

"Se supone que será el día más caluroso del año, de acurdo con el noticiero de la noche de ayer."

"Vamos por un trago antes de almorzar. Podría matar por una lager bien helada."

Estaban bebiendo cerveza en un pub cercano cuando su plan se hizo realidad. Sir Thomas tenía una cita para almorzar que mantener, entonces caminó hacia la puerta, descolgó su chaqueta y se la puso, pero al hacerlo sintió que un pesado golpeaba en su cadera derecha. Curioso, metió la mano en el bolsillo y la cerró sobre un objeto metálico. Sacándolo, abrió su mano para estudiar la tableta pequeña y pesada. El metal parecía ser plomo, y había una extraña escritura en ella. Se sintió incómodo. ¿Cómo había sido puesto en su chaqueta? La sospecha llegó a él en el mismo momento en que la presencia apareció. Sir Thomas miró con horror al enorme guerrero sajón mirándolo a través de su oficina.

"Esto es propiedad privada," farfulló en un fútil intento de imponer autoridad. La figura en atuendo arcaico- seguramente esto era un vestido elegante, algún tipo de engaño arreglado por Conley- avanzaba, un hacha de aspecto siniestro se balanceaba en su costado. Etherington se abalanzó a su teléfono. Stoppa saltó hacia adelante; su hacha se balanceó en un arco vicioso tan asombrosamente rápido que Sir Thomas quedó boquiabierto mirando la sangre que brotaba de su muñeca y con horror su mano cortada, los dedos descansando en el auricular. Fue el último acto consiente de su vida, porque el hacha cortó profundo en su cuello, sus piernas se doblaron, y su cuerpo se estrelló en el suelo. Stoppa se inclinó para recuperar la tableta que había sostenido cuatrocientos treinta años antes, aunque en ese momento no podía saberlo. El simple hecho de agarrar el artefacto lo llevó a un tiempo y lugar más reconocible, donde miraba sin comprender desde la hoja ensangrentada de su hacha hacia la ladera encima de él. Se preguntaba cómo había sido mojado con sangre y cómo había llegado al escarpado familiar en el valle. Otra vez, sin darse cuenta el objeto pequeño cayó de su agarre sin sentirlo en la maleza mientras se alejaba.

Liffi y Jake, un poco después, no pensaron en las luces de los autos de policía que pasaban apresurados, con las sirenas sonando lo que ahogó su conversación, ni las luces parpadeando y cambiando su piel a un tono extraño por no más que un instante. Jake se movió incómodamente en la silla de metal rojo que había elegido, arrepintiéndose de haber elegido sentarse afuera en el pavimento, en lugar de en uno de los lujosos asientos tapizados en el interior.

"Debe haber algún tipo de emergencia," dijo inútilmente mientras una ambulancia pasaba chillando, amenazando con romperle los tímpanos. "La Plaza del Mercado está tranquila usualmente a esta hora del día."

"Tú nunca sabes cuándo una emergencia aparece," dijo ella. Ciertamente no lo sabía y tampoco lo había sabido Sir Thomas. Jake no podía imaginar que él sería sospechoso de asesinato por segunda vez en su vida. Era la naturaleza del crimen lo que apuntaba a él. Una vez que la policía había descubierto que Jake Conley había estado en las instalaciones poco antes del tiempo estimado de la muerte, no les tomó mucho volver a los registros del brutal asesinato de Olivia Greenwood a manos de un hachero. El principal sospechoso en este asesinato hasta ahora no resuelto había sido – Jake Conley. El *modus operandi* de ese crimen había sido exactamente el mismo que este, la única diferencia en este caso era la mano cercenada. Que podía ser explicada porque la víctima intentó llamar por ayuda. Por lo demás, las circunstancias eran idénticas. Jake Conley había estado en la habitación antes del asesinato ambas veces. No se le encontraba en las instalaciones, no se recuperó el arma homicida, pero nuevamente, las heridas fueron indiscutiblemente infringidas por un hacha. Con ambos asuntos, era fácil establecer un motivo – el hombre estaba claramente desquiciado y, en este caso, tenía suficientes razones para odiar a Sir Thomas.

Cuando ellos fueron a su habitación y lo encontraron cenando calmadamente con su socia, Liffi Wyther, no tenían pruebas concretas de su intervención. El inspector no pudo disimular su escepticismo. El caso era tan similar al de la Sra. Greenwood en York. Pero Conley proporcionó evidencia de haber sido acompañado fuera del edificio por dos guardias de seguridad, empleados de Envogas, y de haber sido visto por la recepcionista. Insistía que había estado en la compañía de la Srta. Wyther todo el día y que, al momento estimado del asesinato, estaban bebiendo en el pub Rose & Crown en la Plaza del Mercado. Todos estos dichos eran fáciles de verificar. Ellos confirmaron también que habían visto las patrullas y la ambulancia pasarlos rugiendo en el camino; esto sirvió también como una coartada. El Detective Inspector Cartwright se fue con sus anotaciones en su libreta y la cabeza vaciá de ideas sobre de los asesinos de Etherington. La calma imperturbable y la actitud libre de culpa del sospechoso alimentado en el instinto infalible del inspector de policía le decía que Jake Conley era inocente del este asesinato. Las dos personas que había entrevistado no mostraron compasión por la víctima, pero ¿por qué deberían tenerla, si como él sospechaba, el caballero estaba detrás del incendio intencional? Últimamente, parecía que el inspector estaba destinado a investigar crímenes sin solución.

La mañana siguiente los periódicos encabezaban el terrible asesinato del eminente ejecutivo. Con razón, la mayoría de ellos lidiaban con el espantoso asesinato y las misteriosas circunstancias alrededor del crimen. El viejo adversario de Jake, Bill Backhouse, fue el único periodista que mencionó a Jake Conley, llevando la atención sobre los sospechosos paralelismos con el caso Greenwood. El artículo era cuidadoso para no caer en acusaciones difamatorias, el bribón Backhouse era demasiado astuto, pero fue suficiente para enviar a Jake a un ataque de rabia. Le tomó a Liffi un considerable esfuerzo para calmarlo y tiempo y paciencia para abrir una discusión acerca de que debía hacer seguidamente en su campaña para salvar el valle.

VEINTITRÉS

Warwick, 2020 AD

LA POLICÍA NO HABÍA PROGRESADO EN EL CASO
Etherington; ¿Cómo podrían? No había arma homicida y
crucialmente no había testigos del crimen o registro de alguien
entrando o saliendo de la oficina de la víctima. La presión sobre
la policía era menor que la usual en este tipo de atrocidad
debido a la impopularidad del fracking en ese momento.

Apenas los periódicos comenzaron a perder interés en el
tema entonces Envogas hizo una declaración.

"¡Hey, Jake, mira esto!" aun en su estado somnoliento y
enjabonado, captó la excitación en la voz de Liffi y se apresuró
desde el baño a la sala, su cara permanecía blanca por la
espuma de afeitar y una navaja sin usar en su mano.

"¿Qué es esto?"

"¡Parece como que ganamos! Dice aquí que Envogas aban-
dona la explotación del gas de esquisto en las Islas Británicas en
el acto. ¡Son noticias maravillosas! Escucha, ellos dicen que
'que la compañía no continuará con sus planes *a la luz del*

status quo regulatorio. Las leyes estrictas sobre las pausas de fracking, con el sistema actual semáforo de controles regulatorios, hace las operaciones económicamente inviables e insostenible. Como están las cosas, cualquier sismo por encima de 0.5 de magnitud significa un alto en el trabajo."

"¡Genial! Solo voy a terminar de afeitarme." Caminó hacia el baño y habló por sobre su hombro. "¿Supongo que esto es cierto?"

Ella lo siguió hasta la puerta abierta, el periódico colgaba de su mano y lo miró enjuagar la espuma de afeitar de la maquinilla de afeitar bajo el grifo. Hay más que las regulaciones, Jake, después de todo las reglas no los han disuadido hasta ahora. Pienso que es una combinación de factores." Ella lo miraba pasar la hoja por su mejilla hacia abajo. La última semana el Comité por el Cambio Climático informó sobre cero emisiones y recomendó encarecidamente a los gobiernos que reduzcan el uso de gas en las próximas décadas." Jake comenzó a poner sus manos debajo del grifo para enjuagarse la cara y secarse. Mientras se ponía un bálsamo cremoso para después de afeitarse, ella agregó, "Luego está el Gran Concilio de Manchester. La marea está cambiando, han llevado a otras diez autoridades para anunciar "presunción" contra la práctica y han declarado su deseo de ser neutrales en carbón dentro de veinte años. Por supuesto, el gobierno tiene la última palabra sobre las autoridades locales, pero en el clima presente ni siquiera este lote se animaría a anularlas. El partido Laborista ha declarado ya que, si gana las próximas elecciones, prohibirán el fracking. Ellos tienen el apoyo de los Demócratas Liberales y los Verdes, naturalmente. Hay algo más de veinte parlamentarios Conservadores rebeldes están muertos contra la explotación de los combustibles a base de carbono." Ella hizo una pausa para elegir sus palabras cuidadosamente. "Otra cosa, pienso que la muerte de Sir Thomas Etherington los ha sacudido e inclinado la balanza, llevándolos a esta decisión. La indignación pública y las protestas comunitarias todo junto, ha sido demasiado para ellos. Y espera, ¡Todavía ellos no saben que han enojado a los dioses! Ellos probablemente piensan que *tu* asesinaste al caballero negro y de alguna manera te saliste con la tuya."

"Espera un minuto, ¿tú sabes que Tiw mató a Sir Thomas?"

"Por supuesto tanto él como alguno de sus guerreros."

"Tú realmente crees esto, ¿no?"

Liffi miró a su socio con genuina sorpresa. "¡Por supuesto, lo creo! ¿Tú no? es obvio que la maldición lo golpeó. ¿De qué otra manera lo explicas?"

Jake la tomó en sus brazos y escudriño su rostro. "Tú sabes, te amo por tu confianza sin complicaciones en tus ideas. Tú me das un sentido de seguridad, Liffi."

Ella lo besó y, antes que él pudiera decir algo más, lo miró fijo con una expresión astuta. "Realmente vas a que tener que tomar una decisión. Mmmm, amo el aroma de esa loción para después de afeitarse!"

"¿Una decisión?"

"Si, no sé si podré vivir contigo si no te conviertes en pagano."

El sintió el dolor sordo en su frente y reconoció el signo. Él no había contemplado un futuro sin ella y necesitaba hacerle entender. "Liffi, no te he dicho esto, pero pienso que me he enamorado de ti. Quiero que estemos juntos."

"Nosotros estamos *destinados* a estar juntos, Jake. Sólo tienes que aceptar tu destino."

"Ah, ahí vas de nuevo con esa insistencia en el destino. Debes darte cuenta todo esto es *raro* para mí." Luego, dándose cuenta de su juego de palabras, explicó, "En el sentido moderno de la palabra."

Entraron en el salón y se sentaron. "Yo sé. Debe ser difícil para ti. Lo comprendo. No voy a apurarte. Has pasado por mucho y todavía está *ella*."

"¿Heather? ¿No puedes decidirte a decir su nombre?"

"Estoy celosa de ella, supongo. Ella te tuvo antes que yo."

"Excepto que esto es diferente. Siento mucho más por ti."

"Por supuesto que si- ¡es lo que hace Freya!"

Jake estaba a punto de reírse, pero lo reprimió ante el peligroso brillo en los ojos de Liffi. Ella reanudó la conversación después de un breve silencio, "A eso es a lo que me refiero, tendrás que reconsiderar tus creencias tarde o temprano – temprano, espero. ¿Cómo explicas la muerte de Sir Thomas si no fue la maldición?"

Jake sacudió su cabeza. No podía. No había pensado en algo más en los últimos días, pero no había una explicación racional. Etherington podía haber tenido muchos enemigos, pero el modo particular de la ejecución y la falta completa de testigos era desconcertante. Cualquier persona normal o psicópata, habiendo cometido el crimen debería haber dejado la habitación cubierto de sangre, en un edificio rebosante de cámaras de vigilancia y lleno de personal alerta. Nadie había visto anda – tenía que enfrentarse a los hechos, olía a sobrenatural. Si él, con su experiencia Elfrid de fantasmas sajones homicidas, no lo creía, entonces ¿Quién podía hacerlo?

Miró a Liffi y, asintió suavemente, inflando las mejillas. "Tienes razón; es la única explicación lógica- fue la Maldición del Valle Rojo."

Ellos se sentaron en un silencio amigable, Liffi leyendo una revista acerca de casas y jardines y Jake con un viejo libro encuadernado en cuero. Después de algún tiempo, en que el persistente tic tac de un reloj y el ocasional roce de una página pasada por Liffi eran los únicos sonidos, ella preguntó, ¿Qué estás leyendo que es tan interesante?"

"¿Eh? Oh, es un viejo libro de Thomas Carlyle, el filósofo

del siglo XIX, llamado *Sobre los héroes, el culto a los Héroes y lo Heroico en la Historia,* y en él acuña la Teoría del Gran Hombre." Liffi sonrió, "Espero que les dé a los dioses lo que le corresponde."

"¡Tú y tus dioses! De hecho, estaba luchando con la teoría de Carlyle sin que tú complicaras las cosas. Verás, él dice que el estudio de la historia es esencialmente leer las biografías de los grandes nombres que escuchamos una y otra vez, como Richard Corazón de León y Napoleón Bonaparte. Pero uno de mis escritores favoritos, León Tolstoi, argumenta lo contrario en *La guerra y La paz,* que no son los grandes nombres los que cambian las cosas, pero muchos pequeños de los que nunca escuchamos de..."

Liffi se rió y su tono fue sardónico. "Los dos tienen razón, pero los dos están errados también. ¿Qué hay acerca del rol de las situaciones más que las personas? De cualquier forma, tanto Carlyle y Tolstoi eran cristianos. Es necesaria un pagano para explicar la importancia de los dioses en los asuntos humanos."

"Sin embargo, ¿te voy a aguantar? ¡Eres imposible!"

"Es importante que tengamos estas conversaciones si queremos comprendernos uno al otro, Jake. Tú necesitas considerar hasta qué punto los individuos pueden alterar el curso de la historia y por qué."

"De hecho no estoy tan seguro acerca de los humanos." Como un introvertido, Jake había pasado mucho tiempo pensando en estos asuntos. Era raro que él tuviera la oportunidad de externalizarlos en debate, así que estaba agradecido de haber encontrado una compañera de entrenamiento en Liffi y calentado con el argumento. Se sentía seguro que la burlaría. "Si una persona pasa tiempo en la naturaleza y alrededor de animales, pronto ve patrones más allá de la capacidad de diseño de los humanos, Liffi. Intenta comparar un paisaje citadino, con su caos de signos, pérdida de uniformidad en los edificios, pintura oxidada y descascarada con un dosel de hayas y una alfombra rosa de ciclámenes debajo. El ruido del tráfico con sus bocinas a todo volumen y sus nocivos gases de escape. Con el aire fresco del bosque con el aire lleno del canto de los pájaros. No, los humanos son muy pobres como diseñadores colectivos, me temo."

"Buen punto. De hecho, toma el valle en el que estamos tan interesados. Tiene un sentido de permanencia y – oh, no se – *contención* quizás. Es como si el lugar supiera de su propia belleza, pero siente que no necesita proclamarlo." Ella lo miró ansiosamente como si ella pudiera haber dicho algo tonto y no ser tomada en serio. ¿Tiene sentido?"

Jake la miró como si la viera por primera vez. ¿Sentido? ¡Quizás, después de todo, ella no estaba caminando para él! Cuando finalmente habló, tenía un tono respetuoso. "Tienes razón, es como si la naturaleza se ha despojado de lo innescensial, dejando solo lo necesario. Pero ha sido un lento proceso de evolución.

Los humanos tienden a apresurarse. Mira lo que han hecho los científicos, destruyendo la capa de ozono y construyendo plantas nucleares que derrochan lluvia radioactiva mortal en un penacho sobre todo el continente." Suspiró profundamente y se veía abatido.

Ella asintió. "Chernobyl. Ves lo que digo, ¿cuándo los hombres se atreven a desafiar a los dioses en lugar de trabajar en armonía con ellos? La humanidad ha caído en el fango con sus falsas creencias monoteístas."

"Tú me pediste que considerara hasta qué punto los humanos individuales pueden alterar el curso de la historia. Bueno, a diferencia tuya, yo creo en el libre albedrío, y a pesar de todo, yo creo verdaderamente que la historia puede hacer grande a las personas, pero, sobre todo, algunas personas son grandes *a pesar* de la historia."

Ella le frunció el ceño. "Realmente no tienes ni idea ¿no? Aplica *eso* que has aprendido acerca del Valle del Caballo Rojo. ¿Cuánto de lo que ha pasado aquí a través de los años ha sido determinado por el libre albedrío de los protagonistas y cuanto por su destino?"

"¡Ahí vas de nuevo, hablando acerca del destino! No lo estoy comprando, sabes."

"No puedes negar que la maldición depositada en el valle ha dado forma a los eventos allí hasta ahora."

Él consideró esto y con una sensación de hundimiento se frotó la frente que comenzó a doler. Fue una admisión psíquica de la derrota. Solo que él no quería rendirse justo ahora en su primer debate real. Ganaba tiempo evaluando como se sentía acerca de ella. Ella no era simplemente terca y obstinada en sus creencias; él había descubierto que había una fuerte mente pensante detrás de aquellas convicciones; él la amaba aún más por esto.

"¿De qué se trata esa sonrisa secreta, Jake Conley?"

Miró hacia arriba y hacia los ojos brillantes que le brillaban a él.

"Justo estaba pensando que habiendo un destino no es tan malo después de todo. Significa que las Normas te *tejieron* en mi destino." Fue la forma más elegante que pudo concebir de admitir la derrota en un argumento, por el momento al menos. Pensaría más en el asunto, especialmente con respecto al Valle del Caballo Rojo, pero admitió que, por el momento, Liffi parecía tener razón.

Jake conocía que la maldición trabajaba de dos maneras: negativa y positivamente. Aun así, fue una sorpresa total cuando su móvil sonó más tarde esa mañana. Una morada a la pantalla le dijo que era Huxley Adams-Wessex.

"Hola, Jake Conley... ¿Si? No, no tenía... ¡Oh, asombroso! ¡Que grandiosas noticias!"

Liffi lo miraba con creciente interés hasta que Jake apagó su teléfono. Ella sonrió y espero pacientemente por él para hablar.

"Este era Huxley. Ya vendió los derechos de tala de la escarpada encima del valle. Y escucha esto, en la última quincena ha habido un repunte en los precios de la madera. Dice que el precio de venta ha subido un 8%."

"¡Los dioses de nuevo!"

Esta vez Jake se rio. Seguramente, ella no podría atribuir cada evento positivo a la intervención de los dioses. Se arriesgó a su ira ridiculizando su idea.

Ella no se inmutó. "Piensa acerca de esto, él compró los derechos para talar los árboles que obstruyen el Caballo Rojo. ¿Supones que haber matado a Etherington, Tiw no le facilitaría a Huxley la geo- *geo-* cómosellama?"

"¿El geoglifo?"

"¡Si, eso! No puede ser una coincidencia que los precios se dispararan de repente."

"Entonces, tú dime que sus otras buenas noticias también dependen de las noticias."

"¿Qué otras buenas noticias?"

"Recuerda, él dijo que él tenía un amigo miembro del parlamento, ¿Maynard? Un ministro bajo en el Departamento de Medio Ambiente, Alimentos y Asuntos Rurales. Bueno, él está a bordo. Resulta que él está a favor del parque temático y es uno de aquellos conservadores rebeldes que mencionaste- totalmente en contra del fracking. Ha incluido un memorando sobre el parque temático y el interés histórico en un área de extraordinaria belleza natural. Este Maynard está convencido de que el ministerio e incluso el gobierno, pondrán todo su peso detrás del esquema, y ahora que Huxley vendió la madera, no hay nada que impida que siga adelante."

"Te dije que cuando los dioses están a favor, ¡todo es fácil, Jake!"

Parecía que ella tenía razón acerca de esto también porque, tres días atrás, el cartero llegó con una carta conteniendo un sobre en relieve de una abogada de York. La carta estaba dividida en dos partes: primero, una explicación de cómo Jake y la cliente de la abogada, Heather Conley Dra. MA, podían obtener un divorcio dentro de seis semanas si el asunto era conducido amigablemente sin que ninguna de las partes impugne los motivos válidos de Heather. La segunda parte de la carta constituía esencialmente lo que Jake debía encarar si quería contestar los términos de la propuesta de divorcio. Era la parte que lo sumió en el más negro de los estados de ánimo. Básicamente, si él no estaba de acuerdo con darle la mitad de lo producido de la venta de su casa y mobiliario en York y la mitad de sus ahorros, ella lo citaría por adulterio con la Srta. Liffi Wyther y también por conducta irrazonable causada por sus problemas mentales que llevaron al irrevertible rompimiento del matrimonio.

Jake no tenía problemas en dividir sus activos equitativamente con Heather, pero el pensamiento de arrastrar el nombre de Liffi en el procedimiento lo hizo sufrir. Caminó alrededor de la cama maldiciendo en voz baja. Él quería el divorcio tanto o más que Heather, ¡pero la maldita cachetada de la mujer acusándolo de problemas mentales! Su cerebro, admitía, era diferente del de otras personas, pero ella sabía que esto de los cables cruzados antes de aceptar casarse con él. ¿Estaba tratando de insinuar que él estaba loco para salirse con la suya?

Liffi volvió de una visita a los comercios y pronto descubrió la razón de su mal humor. Ella lo manejó de una manera alegre. "Es simple Jake, solo firma el formulario de consentimiento sin contestar nada y nada de esto sale. El juez garantizará el decreto de inmediato, y tienes que honrar sus términos. ¿Te molestaría mucho perder tu casa en York? ¿Dijiste que era de tus padres, ¿no?"

Miró cariñosamente a su socia, apreciando su sensibilidad, "Realmente, no. Mis sentimientos por esa casa cambiaron en el día que vi a mi madre en retrocognición y descubrí que ella no era la persona que yo pensaba que era. Ya no me importa. Puedo encontrar otra casa. Todavía tendré una buena suma en el banco cuando esto termine, y pienso que puedo escribir otro bestseller basado en Stoppa y el Valle del Caballo Rojo. Digo, ¿tú no te casarías conmigo por mi dinero Liffi?"

"¡Eff, fuera Jake! Yo no voy a *casarme* contigo para nada. Te lo dije, yo no creo en el matrimonio."

"Pero yo pensé que estaríamos juntos para siempre." Su mal humor estaba virando a una profunda depresión.

"¡Esto es diferente, tonto! *Estaremos* juntos. Si tú quieres, podemos tener una ceremonia pagana para sellar nuestra unión, cuando estemos listos, por supuesto."

"¿Qué, un sacrificio de una cabra?" se burló de ella de nuevo.

"O un cordero," le devolvió la broma ella.

"¡Espero que no lo digas en serio!" Tomó la carta, separó una hoja del clip que lo sujetaba y firmó el formulario de consentimiento. "Ya está hecho, estaré libre para ti – pronto. Me voy al correo a enviar esto."

"¿Jake?"

"¿Si?"

"¿Sin arrepentimientos?"

"Ninguno en absoluto. ¡Nos dirigimos a un futuro nuevo y brillante, Hija de Freya!"

Su risa tintineante lo siguió fuera de la cama, y él salió silbando una alegre melodía: ¡la vida era buena!

VEINTICUATRO

Del poema del Libro de Exeter: El Orden del Mundo

"*¿QUIERES HOMBRE SABIO, DAR LA BIENVENIDA AL EXTRAÑO, saludar al sabio vidente con palabras, preguntarle al vagabundo acerca de la primera creación?*"

———

Warwich 2020 AD

Avergonzado por recibir a Huxley Adams-Wessex, un visitante inesperado en su modesto dormitorio, Jake no pudo evitar hacer comparaciones mentales con la suntuosa casa señorial propiedad de su huésped. La razón de la visita pronto quedó clara.

"Recuerdo lo que dijiste cuando propusiste el parque temático que tu único interés estaba en la protección de nuestra área de excepcional belleza natural. Te apresuraste a asegurarme que no estabas tratando de sacar provecho de lo que es, debo decir, una magnífica oportunidad de negocio. Aprecié tu actitud en ese momento, pero he ido respetándola más con el paso de los días. Ahora me doy cuenta que eres el hombre que necesito precisamente." El hombre de negocios le dio a Jake una sonrisa que transmitía tanto amistad como expectativa.

"¿Necesario para que, exactamente Huxley?"

El ejecutivo se inclinó hacia delante en su silla y adoptó una expresión que aquellos que lo conocían de innumerables reuniones de la junta de Londres, habrían reconocido como su actitud de 'no aceptaré un no como respuesta'. "Si este proyecto está a la altura de nuestras expectativas, Jake, vamos a necesitar un Gerente de Desarrollo, una persona dinámica con ideas claras para supervisar su realización completa. ¿Quién mejor que el hombre que lo concibió en primer lugar? ¿Qué dices?" Antes que Jake pudiera responder, levantó una mano para indicar que quería agregar algo a su discurso. "Habría un salario acorde con el puesto, por supuesto; estaba pensando en sesenta mil al año con un contrato inicial de cinco años. Siempre podremos descartar otros incentivos si tienes alguna demanda en particular."

"¿Sesenta grandes?" Jake miraba al terrateniente con una expresión de incredulidad. Nunca había soñado con convertirse en rico, ni había alimentado más ambiciones que convertirse en un novelista de bestsellers. Su mente estaba corriendo. Era cierto que se había acostado a la noche fantaseando acerca de lo que el Parque Temático del Caballo Rojo podía ofrecerles a las familias; ahora Huxley le había propuesto darle a él la oportunidad de llevar esas ideas a la vida. "Gracias por su fe en mí, Sr- *er* –Huxley, tengo una sugerencia para usted. ¿Por qué no me siento y redacto un plan de desarrollo para que usted lo apruebe – o si no soy el hombre adecuado, lo desestima?"

Adams-Wessex se rió. "¡Verás, tu *eres* el hombre correcto, lo sé! Mi instinto en estos asuntos nunca se equivoca. Al escribir el plan, básicamente me estás diciendo, devuélveme la empuñadura, pero, Jake. Ya tienes mi respaldo al cien por cien. ¡No necesitas escribir la maldita cosa! Haré algunos preparativos para que puedas firmar el contrato este miércoles." Tomó un maletín y lo puso sobre sus rodillas, abrió los pestillos. De dentro, sacó una libreta y un lápiz y escribió entonces algo apresuradamente antes de arrancar la hija y entregársela a su Gerente de Desarrollo. "Aquí están los detalles del comerciante de madera. Mejor que lo llames para organizar la tala, tu sabes, dónde, cuándo y cómo. El trato ya está hecho, pero será mejor que supervises las exactas áreas de desforestación. To conseguiré la licencia de tala para ti lo más pronto posible. De hecho, tu necesitarás un asistente personal absolutamente. Habrá mucho que correr, las mulas de carga trabajan para lo que ti delegues. Me ocuparé de un anuncio. Por supuesto, conducirás las entrevistas tú mismo."

Parándose bruscamente, el ejecutivo extendió una mano. "Bienvenido a bordo, Jake, esto va a ser un enorme éxito."

Jake agarró la mano ofrecida y sonrió a la cara del CEO del Parque Temático del Caballo Rojo. Habiendo acompañado a Huxley a la puerta, Jake se sentó a la mesa con un cuaderno y una lapicera. Algunas cosas prefería hacerlas al estilo tradicional; siempre podría tipear sus notas en su PC más tarde.

Adams-Wessex no había querido un plan de desarrollo, pero Jake necesitaba un esquema en papel para ordenar sus ideas. Afortunadamente, estaba solo en su piso desde que Liffi y él habían decidido continuar sus operaciones antifracking renovando su sede en el centro de la ciudad. Ninguno de los dos estaba completamente convencido que la amenaza a Warckshire había terminado a pesar de la declaración oficial de Envogas. Pasara lo que fuera en ese sentido, él decidió, reformar las instalaciones no sería en vano; era bastante fácil transformar la oficina en un centro de reservas para el nuevo parque temático una vez que este último fuera abierto al público.

Él escribió un número 1 en el margen de su cuaderno y al lado de él tala de árboles; 2, arrancar tocones- excavadora mecánica. Después de una hora de pensamientos serios, tenía una lista de cuarenta y cinco operaciones, todas anotadas en tinta roja con personas para contactar. Huxley tenía razón, necesitaba un asistente personal, pero por ahora... alcanzó su celular e introdujo el número del comerciante de madera. Una corta, conversación satisfactoria, donde uso su nuevo e importante cargo por primera vez, agendando la tala para la mañana del lunes siguiente.

Se sentó en una silla más confortable y comenzó a soñar despierto. No podía esperar que Liffi volviera a casa por lo que se prometió a si mismo que primero la escucharía contarle sobre su día, luego la asombraría con sus noticias. Las implicaciones que cambiaban la vida comenzaron a llegar a casa; él tenía una clara visión del parque, pero ¿qué de la vida fuera del trabajo? Él y Liffi habían decidido dónde vivir – sin problemas acerca de la hipoteca con este salario y ya tenía lo suficiente guardado para un bonito depósito. ¿Qué tal una casa señorial como la de Huxley? ¿Pero Liffi compartiría sus deseos? Él también se compraría un auto decente- siempre le lanzaba miradas de envidia a los Porsches – aunque nunca creyó que sería capaz de poder pagar uno.

En el lado negativo, él había abandonado su idea de escribir otro bestseller. Afortunadamente, no estaba obligado por contrato a producir nada después del suceso de su novela Rey Aldfrith. Se había mantenido deliberadamente alejado de firmar, temiendo no tener una idea adecuada para un seguimiento. Era irónico, ahora que se había decidido por la idea de escribir acerca de Stoppa, el temprano cacique anglo-sajón que había establecido su pueblo en el Valle del Caballo Rojo.

Desafortunadamente, parecía imposible reconciliar su nuevo trabajo con el tiempo necesario para escribir una novela en tan solo seis semanas. Cerró sus ojos y soñó despierto en convertirse en un famoso escritor como el creador de *Ivanhoe,* de forma que se deslizó en un sueño. Una suave sacudida de su hombro lo despertó y sus ojos se enfocaron en la cara sonriente de Liffi.

Se levantó y la miró sorprendido, dándose cuenta que debía haberse quedado dormido. No dijo mucho.

"Si, te había ido, profundamente dormido con tu boca abierta. Perdón si te desperté."

"No, has hecho bien. Tengo tanto – er – quiero decir, quiero escuchar todo acerca de tu día." Ella sonrió y le contó acerca de los nuevos muebles en el local y como ella se había organizado y entró en más detalles sobre la unidad rotativa que había elegido para exhibir volantes y folletos.

Ideal para follero acerca del parque temático, él pensó, pero no dijo nada acerca de abandonar la campaña todavía. Ejercitaba moderación y mostraba interés en sus logros, prometiéndole pasar al día siguiente para admirar su trabajo ya que no tenía compromisos hasta el lunes siguiente.

Al final ella dijo, "entonces aparte de roncar, ¿qué tal tu día, dormilón?" Esto abrió las compuertas. "Conoce al nuevo Gerente de Desarrollo del Parque Temático del Valle Rojo con sesenta mil al año."

"¿Cuánto?"

Le explicó todo a ella y recorrió la lista de cosas para hacer.

"¡Por Thunor, Jake! ¡Los dioses realmente están contigo! Pero estarás terriblemente ocupado. ¿Piensas que serás capaz de manejar todo tu solo?"

"Huxley puso un anuncio buscando un asistente personal para mí."

"Espero que sea enérgica, profesional y, sobre todo, ¡horrible! ¿Y dónde nos deja esto con la campaña?" lo miró preocupada.

"Típica reacción femenina," dijo él, ganándose difícilmente el cariño de la versión lancasteriana de las especies. "Bien podría elegir un asistente masculino, y en cuanto a la campaña, preveo una menor participación porque la amenaza del fracking ha disminuido, al menos por el momento."

"Es verdad. No había pensado en un asistente masculino. Pero si el cabello largo y una falda te descarrilan, Jake, ¡ten en cuenta que me tendrás a mí y a Freya a tener en cuenta!"

"Creo que tenemos una gran cantidad de cosas que hacer, Liffi. Con este trabajo y todo, voy a tener una posición para comprar una nueva casa y un automóvil. Va a necesitar un poco de reflexión. Pensé que una casa como la de Huxley podría ser adecuada para nosotros."

"¡Oh, Jake!" ella corrió a sus brazos. "¡Es tan excitante! ¡Buscar casa! ¡Vamos echemos un vistazo en Internet!" pasaron toda la noche refinando su búsqueda hasta que Jake hizo un alto. No había necesidad de apresurarse – habían hecho una lista de cuatro propiedades adecuadas, fue cuando dijo, "si seguimos pensando en alguna de ellas en unos días, podemos ir a verla."

Un mes después el paisaje en el valle había cambiado. Los altos pinos ondulantes habían sido reemplazados por troncos abandonados en el costado de la escarpada. Los troncos largos y rectos habían sido transportados en un convoy de camiones, el follaje podado y las ramas quemadas. Parado al lado de Liffi al costado del camino, Jake inspeccionaba la lamentable vista. La nueva etapa era mover las excavadoras cuyo propietario había visitado el sitio e inspeccionado el suelo. "Algo fácil," había pronunciado, "Es un suelo fácil para trabajar, y los dientes pueden clavarse en o por debajo de cada tocón y luego levantarlos hidráulicamente para remover el tocón del suelo. El poder de la máquina lo arrancará completamente y su sistema de raíces poco profundas en el suelo dejará un gran agujero en este lugar. Podemos limpiar este lote y llenar los agujeros en dos días."

Debían comenzar al día siguiente, pero Jake había querido estudiar la ladera ahora que habían talado los pinos. Juntos, él y Liffi caminaron entre los tocones, y Jake tenía una única cosa en mente: localizar el área exacta de que una vez fuera el geoglifo del Caballo Rojo para recrearlo cuando fuera tiempo. Después de sacados los tocones, decidió, que esperaría que la maleza comenzara a crecer para cubrir el suelo en forma uniforme antes de llevar un equipo para rastrear la forma del caballo. Se basaría en el diseño del boceto realizado por el historiador, Sir William Dugdale, quien luchó en la Batalla de Edgehill. Que era quizá la más antigua y más creíble imagen del original de la bestia de 100 yardas de largo el viejo soldado lo había descripto tan exactamente. Él restauraría el caballo encontrado por la fotografía aérea de 1964, en el mismo lugar exacto.

Los pensamientos de Jake fueron interrumpidos por el grito de sorpresa de Liffi. Él miró alrededor de donde ella estaba parada y la vio agacharse y recoger algo entre las agujas de pino esparcidas en el suelo.

"¡Jake, es la maldición! ¡Mira aquí, es la maldición definitivamente!" Ella levantó el artefacto, y cuando él se acercó para tomarlo, el dolor familiar en su frente lo hizo sentir mareado. El momento en que ambas manos estuvieron en contacto con la tableta de plomo llegó la dislocación.

Ambos estaban desplomados en el suelo de una choza cuando empezaron a sacudirse en los extraños efectos de la relocalización. Los entornos eran familiares para él, había estado ahí antes. El efecto en Liffi fue más desbastador; ella estaba mirando con asombro a la anciana descuidada quien le sonreía sin dientes a ella.

"¡Jake!" ella siseo, "¿Puedes verla? ¡Ella es- e-ella es la imagen de mi madre!"

"Puedo, y sabes, yo he estado aquí con ella antes. Cuando te vi por primera vez en Warwick, noté el parecido."

La sonrisa de la vieja vidente se ensanchó como si supiera de que estaban hablando, pero cuando ella habló, ninguno de ellos pudo entenderla. El gesto de aproximarse y sentarse en la piel de oveja en frente de ella era lo suficientemente claro. Ella apuntaba a Jake y pronunció un torrente de palabras incomprensibles, frunció el ceño e hizo una mueca cuando él movió su cabeza en confusión. Ella sacó un cuchillo con mango de hueso de su cinturón e, inclinándose a un lado, rayó un diseño en la tierra batida. La imagen era lo suficientemente clara – fácilmente reconocible como una libélula.

"¡Si, si es una libélula!" Jake le sonrió y miró a Liffi quien asintió de acuerdo, pero, como él, con una expresión de perplejidad.

Satisfecha, la mujer astuta clavó la hoja en la tierra, pero no cerca del boceto. Ella apunto a él y aleteó con ambas manos en el aire, mirando fijamente a Jake con aquellos ojos azules, transfirió el dedo huesudo de la imagen directamente al pecho de Jake, entonces comenzó el aleteo de vuelta.

"Ella quiere que hagas algo que involucre libélulas, ¿pero qué? Le susurró Liffi a él. Ahora las manos de la mujer pararon de aletear y comenzaron a apuntar detrás de ella.

"Afuera," dijo Jake, "Esa es la dirección del valle," Él se paró, tomó el cuchillo y comenzó su propio bosquejo. Liffi lo reconoció de una vez, él había dibujado el geoglifo, el Caballo Rojo. Cuando lo hubo hecho, apuntó al bosquejo del caballo y luego a la imagen de la libélula. "Eso es," dijo él.

Sonriendo a la vidente, aleteo sus manos. "Tú quieres libélulas en el valle, ¿no?"

El rostro arrugado se transformó en una amplia sonrisa de dientes entrecortados, y la mujer asintió vigorosamente como si ella hubiera entendido sus palabras. "Estaremos criando libélulas en el parque temático," le dijo a Liffi, "y por qué no, son adorables, ¿no?"

"Las adoro," respondió ella y recibió una enorme sonrisa de la hechicera, quien se levantó y tomó el cuchillo de manos de Jake. Usándolo para hacer palanca en una piedra plana junto a la chimenea, expuso un agujero en el suelo. Poniendo su mano adentro, ella tomó una pequeña bolsa de lino. Después de reemplazar la piedra y pisándola de nuevo en posición, liberó los lazos en el cuello del pequeño saco y sacó un bello objeto, ahora brillando en la palma de su mano. Ambos captaron un destello de verde esmeralda. La mujer astuta lo llevó a sus labios y lo beso, pero lo negro de sus manos lo protegió de su vista. Dos pasos tambaleantes y ella se paró frente a Liffi, su mirada magnética taladrando los ojos de la joven. Cuidadosamente, la vidente giró el objeto y soltó un alfiler. En un movimiento sorprendentemente decisivo y rápido, ella empujó el alfiler de oro a través de la camiseta de Liffi y levantando el material, sujetó el broche de forma segura para que quedara plano en el pecho izquierdo de la mujer.

Jake miró la belleza de la joya. En el centro de un circulo de oro enrollado había una estilizada libélula esmaltada. El verde esmeralda suave y brillante del cuerpo del insecto contrarrestaba la transparencia de las alas veteadas. Tachonados alrededor del borde del broche había dieciséis granates espaciados uniformemente, haciendo un maravilloso contraste. Dejando a un lado el valor de la prístina joya del siglo XVI, el peso del marco de oro le daba al broche luminoso un valor inestimable.

Liffi apuntó al regalo con una expresión incrédula. "¿Para mí?" preguntó.

La mujer asintió, sonriendo y besando a Liffi en ambas mejillas. "G-gracias, ¿qué puedo decir?"

La mujer astuta entrecerró sus ojos, mirando a Jake con astucia y señalándolo, luego a Liffi. Ella puso su mano en su pecho y sonrió. Luego lo retiró y señalo a cada uno por turnos antes de levantar ambos índices y entrelazar uno alrededor del otro.

Liffi, estafadora y más intuitiva que Jake, comprendió. "Ella está preguntando su estamos juntos, Jake."

A modo de respuesta, se acercó a su compañera, la tomó en sus brazos y le dio un beso prolongado. La anciana rio con alegría y aplaudió. Luego les hizo un gesto para que se acercaran a ella, tomó la mano de Liffi en la izquierda suya y la de Jake en su derecha y puso su mano sobre la de Liffi. Se quedaron en esa posición mientras ella se afanaba por encontrar una tira de cuero, que luego ella ató alrededor de sus manos. La mujer sabia comenzó a gemir, y para su mutua incomodidad, sus ojos se dieron vuelta, mostrando solo lo blanco inyectado en sangre. El gemido se convirtió en palabras, y la pareja reconoció la palabra *Freya-* la diosa anglo-sajona. Después de un último recitado de no más de dos minutos, la mujer caminó hacia un estante, tomó un pequeño frasco de vidrio y un cepillo de pelo largo. Mojó el cepillo en un líquido que salió carmesí y, para su sorpresa, les arrojó gotas de sangre a sus rostros. Liffi esperaba fervientemente que no fuera sangre humana. La mujer, contentándose con esta pequeña salpicadura, repuso la botella y el cepillo, soltó sus manos y los unió a ambos en un abrazo.

"Jake, en la ceremonia de atado de manos, ella invocó a Freya, y estamos oficialmente casados; tu eres mi esposo ahora. Pienso que el broche es un regalo de bodas."

"¡Boda! ¡Boda! ¡Boda!" repetía la vidente, su voz se elevaba en tono. La palabra era la misma en ambos lenguajes. "Boda", ella repetía y asentía, apuntando de uno al otro y sonriendo enormemente.

"Tú sabes, Liffi, no me importa en absoluto", dijo Jake, su rostro salpicado con el valknut rojo en la frente lo hacían lucir como un verdadero pagano, "Quiero decir, tenerte como mi esposa."

"Espero que no; es el deseo de Freya, Jake."

"¡Freya!" dijo la vidente y asintió con su cabeza más vigorosamente que nunca. Esto lo continuó con otro gesto, de despedida. Para deleite de la anciana, Liffi se acercó para abrazarla y besarla. Jake se conformó con un saludo con la mano, porque la vieja arrugada lo rechazó, y salió por la puerta. Afuera, Jake buscó a tientas la tableta de plomo y la presionó contra el antebrazo de Liffi. En un instante, ellos fueron relocalizados en el siglo XXI y de regreso entre los tocones de los árboles.

"Solo tengo una cosa más que hacer, *esposa*." ¡Cómo disfrutó diciendo esto! Él necesitaba identificar la posición del Caballo Rojo para cuando el suelo estuviera listo para el fregado. Después de una revisión cuidadosa y re- chequeo usando una aplicación de GPS, Jake estuvo satisfecho y eligió dos puntos de referencia distantes para una futura referencia.

En casa, encendió su computadora y encontró todo lo que pudo sobre libélulas. Él descubrió que la del broche de Liffi era de una especie llamada *esmeralda brillante*. Además. Él no sabía que las libélulas eran más antiguas que los humanos y aun que los dinosaurios. Libélulas primitivas podían tener una envergadura de tres pies. "¡Imagínate eso!" murmuró. Pero por interesante que pareciera todo, él estaba frustrado al no encontrar lo que buscaba, hasta que un enlace captó su atención.

"¡Liffi, mira esto!" apuntó un pasaje que leyó: *para los anglo-sajones las libélulas simbolizaban transformación y reno-*

vación. "¡Esto es el por qué! ¡Qué apropiado!" El dolor sordo en su frente palpitaba insistentemente, para que supiera lo que tenía que hacer. "Un santuario de libélulas Liffi. ¡Tengo que crear uno!" Él tipeó *cría de libélulas* en el buscador y garabateó una página de notas. Aprendió que tendría que canalizar los manantiales naturales de la escarpada para crear charcos poco profundos. Estos, en turnos, tendrían que estar bordeados por juncos para que las libélulas pudieran posarse para buscar comida y parejas. Los estanques necesitarían plantas acuáticas como lirios y algas para que hubiera un lugar donde depositar los huevos.

———

(Primavera, 2021 AD)

Jake condujo su Porsche Cayman S gris por el estacionamiento bajo del Parque Temático del Valle del Caballo Rojo y miró arriba casi supersticiosamente al enorme geoglifo dominante en la escarpada y todas las construcciones hechas por el hombre, cada una de las cuales era su creación. Había invitado al miembro del parlamento Orson Maynard, nuevo Ministro del Departamento de Medio Ambiente, Comida y Asuntos Rurales para hacer la apertura oficial del parque a las 11 en punto. Era un asunto bien publicitado, y una asistencia decente estaba expectante además de una gran presencia de prensa y televisión. Jake había preparado su discurso, haciendo algunos cambios sobre los últimos días. Un Aston- Martin rugió en el estacionamiento, y un alegre Huxley Adams-Wessex se acercó para golpear la ventana del conductor del Porsche.

"¡Déjanos recibirte muchacho! Me prometiste que me mostrarías los alrededores antes de que llegaran los VIPs. Yo digo, ¿no tienes los pies fríos verdad?"

"¡De ninguna manera! No después de todo el trabajo que he puesto en esto." Levantó la ventanilla, salió del auto, su orgullo y alegría, y apuntó al Caballo Rojo. "¿Lo has visto?"

"¡No podría perdérmelo, viejo!"

"Lo que quiero decir es, que es una reproducción exacta del caballo original sajón, y está en el mismo lugar exacto. Tendremos que mantenerlo perfectamente limpio porque he enterrado la maldición nuevamente entre las patas traseras," dijo delicadamente.

"¿Es una amenaza, Sr. Conley?"

"Bueno, tu eres el terrateniente - ¡es lo mejor para ti! Vamos, te llevaré a ver la vida salvaje. Deberíamos ver ciervos rojos y en barbecho, martas de pino, pájaros carpinteros, herrerillos y muchas aves comunes. Después de eso, te mostraré el parque de diversiones. Es uno de los mejores, no, *el mejor* en la parte central de Inglaterra."

"Así debería ser después de la fortuna que has gastado en crearlo."

"Pero nuestros contadores están prediciendo unos ingresos anuales muy altos del parque. Esto es extremadamente amigable para la familia. Ellos estiman que habremos recuperado nuestro desembolso en menos de dos años. Después de esto, será lucrativo todo el camino."

Ambos miraron hacia arriba como una libélula volaba en paso silencioso, sus alas brillando en la luz del sol.

"Un halconero del sur," dijo Jake. "se desliza desde el santuario. Se están criando bien y debería ser una gran atracción. Es un presagio. ¿Sabes que ellas representan transformación y renovación desde los anglo-sajones?"

"Si."

"¿Lo sabes?" parecía decepcionado.

Su jefe se rió. "lo pones en tu informe de fin de año. No

pude evitar pensar que has transformado y renovado realmente el vale, Jake."

"Tengo que mantener a los dioses felices."

El ejecutivo lo miró. Si no hubiera visto con sus propios ojos lo capaz que era el Gerente de Desarrollo que había empleado, habría pensado que el tipo estaba más que un poco trastornado.

FIN

Querido lector,

Esperamos que hayas disfrutado leyendo *El Valle del Caballo Rojo*. Tómese un momento para dejar una reseña, incluso si es breve. Tu opinión es importante para nosotros.

Atentamente,

John Broughton y el equipo de Next Charter

El Valle Del Caballo Rojo
ISBN: 978-4-86750-171-9

Publicado por
Next Chapter
1-60-20 Minami-Otsuka
170-0005 Toshima-Ku, Tokyo
+818035793528

5 Junio 2021

Lightning Source UK Ltd.
Milton Keynes UK
UKHW011322180621
385747UK00001B/115